大健

◎ 著

CHANG HONG JI

长鸿记

中国社会出版社

国家一级出版社·全国百佳图书出版单位

北京·BEIJING

图书在版编目（CIP）数据

长鸿记 / 大健著 . -- 北京 ：中国社会出版社，
2025．2．-- ISBN 978-7-5087-7151-9

Ⅰ．I227

中国国家版本馆 CIP 数据核字第 20259QJ922 号

长鸿记

责任编辑：杜　康

责任校对：秦　健

装帧设计：尹　帅

出版发行：中国社会出版社

　　　　　（北京市西城区二龙路甲 33 号　邮编 100032）

印刷装订：河北鑫兆源印刷有限公司

版　　次：2025 年 2 月第 1 版

印　　次：2025 年 2 月第 1 次印刷

开　　本：160mm×225mm　1/16

字　　数：120 千字

印　　张：18.25

定　　价：68.00 元

出版这部诗集，说到我对诗歌的看法，与多年前依然一样，诗歌不应向散文化、杂文化与流俗化妥协，若创作倾向于杂文化，会显得硬与粗笨，而脱离了诗歌；若倾向于口语化，过程难免取巧，而缺乏诗情与诗意。诗中技巧的讲话与夹杂着奥秘的散文，会慢慢销蚀诗歌本来的气韵与神采。诗歌也不是智力比拼，否则会失去了诗的本质与内涵，而游走在诗之边缘，在智力与机巧上表达的意味，却在本质与审美上，变得非常贫乏与浅薄。

语言是诗歌的灵魂，灵气、大气与深度则是诗歌得以升华的推动力。客观地呈现，主观地探索，挖掘出诗歌深层次的精神世界与奥秘领域，让我们在形式与内容上创造出堪称经典，拥有自身存在体，不被时空磨灭而永存的诗歌。

现代诗的形式，表面是自由的，没有节奏与韵律的要求，没有条条框框的限制，但对能写出独立存在的要求就更高，否则就是失败的。现在很多现代诗就像是在用回车键，说明想写好也是有较高的要求的。

诗歌的"自身存在体"，在形式与内容上，我浅陋地认为：首先，诗歌每节每行的字数相差不是太多，每行文字不能过于散乱；其次，表达上有内在的节奏，读来有一定的诗韵与诗味；最后，有显露的诗意，耐人回味，且有内在的深度，让人想象。这是我对"自身存在体"的一点认识，再对照《再别康桥》《雨巷》《回答》等很多经典的诗歌，我想对诗歌之"自身存在体"，便多少会有更深的理解与探究。

诗歌与人生是一体的。而每个人人生中会经历太多，从起初的万象皆物，到一切变得缥缈、朦胧。这个世界应该有更高级别的生命，但不管怎样，让我们人类去寻找新的适合生存的星球，在时间与具备的条件上，会有不少困难。有科学家预测，还有 50 亿年，地球可能将毁灭。但在 10 亿年后，由于太阳的不断衰老、膨胀，地球上的水源、氧气、植物将枯竭，不再适合人类居住。所以人类必须在 10 亿年之前，找到新的生存家园。客观地说，目前人类想脱离地球，移民宜居的星球还是有一定难度的。太阳系在银河系里只是尘埃，在整个宇宙，太阳系更是渺小得微不足道。而说起地球与人类，相比更是若有若无。

我们每个人回想自己的一生，会发现只是一个瞬息，然后走进无尽的空白。这个世界的大门在你的面前关闭了，一切也就消失了，你不再存在了，也无法感知、反映这个世界。从某种意义上说，你在，这个世界就是存在的，当你不在，这个世界可能就是另外一种状态了。

诗人写诗，也同样会对宇宙、人生有较多的思考与认识。笔者因为至亲的逝去，这悲痛、哀戚之情刻骨铭心，一生相随而不能释怀。由此创作的一些诗歌，多少留下了对宇宙、尘世的一些感怀与思索的痕迹。现把这些诗歌集结成《长鸿记》，以作纪念。世间万象，如长长的飞鸿翩然于眼前，又瞬间消失不见。长长的书信，似乎写满了大千世界，却陡然化作一片空白。瞬间的感悟，留在每个人鲜活的生命中，镌刻在深邃的灵魂里，不喧，不忘，悲悯，悲思。

这部诗集呈现了世界、尘世、人生与情感的多个方面，也试图表达人间、世界之中现实与虚拟，存在与梦幻的关系。诗集共分为七辑："季节的朦胧""月光的尘世""世界的秘密""命运的答案""心灵的小屋""尘土的等待""致爱一万次"。人间、宇宙、亲情、人生等是这部诗集的主题，通过对现实与物象的诗意呈现，努力挖掘更深层次的感悟，并竭力在诗歌之语言的表达中，找到独特且有张力的营造氛围。用具体的形象与灵性的感悟，对未知世界的描述与探索，使抽象的感想或世界变得可以想象与感触。或许宇宙中的那份神秘与不可知，在诗意与诗感的呈现中，变得可以感知与领悟。

现在读者看到的这部诗集，其中有近三十首诗选自 2018 年以"慕寒秋媞"为笔名出版的诗集《玫瑰的人间与夜晚的童话》。这近三十首诗当时编入时，没有考虑妥当，但这些诗作思想内容比较符合这部《长鸿记》，所以把这近三十首诗再做了一些修改，重新编入《长鸿记》这部诗集中。在此郑重声明一下，望读者与喜欢诗歌的朋友们理解包容！在此深谢！

是为序。

大　健

2024 年 10 月 28 日于安徽合肥

目 录

第一辑 季节的朦胧

第二辑 月光的尘世

第三辑　世界的秘密

第四辑　命运的答案

第五辑　心灵的小屋

第六辑　尘土的等待（写给父亲）

第七辑　致爱一万次（写给女儿）

第一辑

季节的朦胧

春来故园梦

整个上午　蜜蜂扑打着正酣睡的花

他坐在树下，安静的心

像满树的花苞　萌生千百个想法

面前只有风突如其来

洋溢着春阳的暖与光

他凝神搜索将来的气息

在其中陶醉

午后充满了恍惚

如有世界在空中飘浮

你触动着，渴望尖针的刺入

下午散发着瞌睡

一路走来　阳光曚昽

有许多面孔在唤着你的名字

一声声山遥路远

他坐在那里　听着嗡鸣的蜂群渐已疲惫

世界被灰尘包裹　他无法敞开心扉

夜晚降临　如正涂抹的手掌

不知道自己在哪，处处寂静着神秘

只有星月在一幅画中亮起　除此是黑又是夜

天亮了，一个早晨，满树的花开了

又纷纷落下，仿佛太阳就要西沉

他已不知去向，就像黑夜已然降临
他会在哪里
看过花开花落　风起风息
在你坐过的树下，等你重来
那个春天的上午
蜜蜂与花蕊在倾心孕育来年的春天

盛夏前奏曲

一日一日　不断涌起的泉水

清亮而又深幽

在山涧聚拢　又渐渐平淡

没有终止　没有波澜壮阔

恍惚回到很多日子前的一个黄昏

偶然凝固的这一切

烂漫的泉涌把天真的画卷

洋溢在不可涂抹的天空

午时曚昽的光

洒在镜前　窗口　花盆上

美丽的气息　让我昏昏欲睡

你的声音依稀停留在耳畔

却渐渐远了　如远山的喷泉

把那清澈的祝祷

绽放在这隆隆盛夏的夜晚

枯萎的泉滴如尘埃在指尖颤动

光芒推开我的眼睑

红日在清晨的天空上升

初醒的眼瞳饱满地张开

时光的泉水　朦胧的恍惚

在面前出现　在头顶飘浮

又渐渐远了　像空中的青雾
一切如换了一个名字
迎来深深的潭　新奇而又遥远

冰雪春眠处

花温柔地仰起它们迷人的脸
芬芳的泥土　如火诱人的树叶
草丛中涌起一片片浪花的歌声
这是条路　春天的路
我们相拥同一个地方
静静的，竟也像正在绽放的梦

我们飞行着，以灵魂的渴望
相距一个脚步的距离
昏眩的眼睛清晰时
阳光炸裂了，千万种面孔隔开了
我们相视的刹那　唇舌之沫
像眼前正在弥漫遮天的大雪

我没有回首　你也没有停下
一直前进的脚步
驻足便是逃避，是逃离
是让冰雪将你我深深淹没
我只想看到自己的泪滴
不愿再看到你的泪水无声应和
再多的泪水也不能融化令人窒息的冰雪

冬天的牧歌

从遥远的天际泻下一片银玉莹石
带着从神秘国度洁白摄魂的冰魄
落在万木凋零的苍茫大地
你姗姗款步　含笑嫣然
如我陌生的初恋　回眸于泛黄的光阴

那段朦胧的时光
苦涩而幽幽漾着的甘甜
如眼前的冬天深沉而纯粹
把我放在沉睡的花园之上
花飞蝶舞的春天在我的脚底轻轻叩动

悠长的冬天
从山峦原野　到缥缈天边
你一直走向哪里
在你冰雪之河无尽的蔓延之中
在满河的洁白　我捕捉着苏醒的光芒

你拥着世界　抱着万物
悠悠然如一朵云
你冰冷的眼里不是一堆寒彻的死水
那分明是一团炽热的烈火
是对人世深深的眷恋　与痴狂的无言

你与天空一样飞　与风一起追逐
你匆匆一瞥便融解了我满眼的昏沉
鲜艳的花在我的身上朵朵开放
另一个世界慢慢走来，我也将走近你
也将知道要珍惜春天　来年有你的梦

秋日的黄昏

梦刚醒来，或是静静地发呆
耳边已好久没有你的音迹
我突然想起
在你的怀里起舞
在幽幽的眼神里絮絮私语
你带着我穿过河滩、田野、山岗

没有你　笑语里欢声雷动
也不在寂静里轻声歌吟
水失去温暖　光昏暗地旋转
以至于我屏住硕大的叹息
你会像雾悄然而去悄然而来吗
一声声欲绝不复来的童年的嘶喊

你带去荡漾的春天　燃烧的夏日
也带去一张可爱的脸庞
遥远如石头掩盖了不知名的地方
细雨般的秋叶把我敲醒
我奔跑着　越过河滩　站上山岗
天那边听到你的脚步　盛开灿烂的娇容

突然的动容

黑夜的雪地上　我好倾诉

珍藏了满是灰尘的心

刚起身　十万只蝙蝠带着十万种声音

铺天盖地而来

我张大的嘴像被割了舌条

我想再度临风起程

却成了掉进旋涡里的枯叶

旋转　旋转而气息奄奄

疲惫的混浊中　我看到

与苹果一样的面容和血红的落日

没待看清便像波纹一样模糊离散

我没有得到我的爱

我没有得到无憾的此生

却得到了全世界　但我

不知道在哪个角落里看到镜中的我

　　笑着哭了……

光阴的路程

时间　快得像一把刀子

不停把人解剖

直到剩下骨头

一切都去哪了

那条路　那片树林　那些苍老的土墙瓦房

那些与欢笑一起堆积的石头

与行云一起追逐的呼叫

我们写在墙上的爱

深深的凝视堆成荒草飘摇

一个个影子如水而过　淡漠而模糊

那重重门槛　苹果　烛光

与父爱的那片天空已如微风轻淡

时光啊，你会把我带到哪里

是掩埋还是合上我的眼睑

而我恐惧　谁来接受你的分割

会忍住疼痛，把纷飞的血肉

拼成一个你：生命的躯体

让所有的梦突然重现

我们还会并肩而行，意气风发

还会聚在一起，欢笑在杯中荡漾

春天过后，就是秋天（组诗）

相信春天

湿漉漉的大地昏暗蜷伏
隐隐的光闪着一丝幼嫩的色泽
走着走着就迷路
走向眼前的早春，却返回了走过的寒冬

灰突突的天空、山峰，河水都在流淌
肃穆冰凉的泪水像冬雨
哀鸣在庞然挣扎的大地的身上
沉睡中喘息的血脉　半是灰烬半是复苏

千秋绵延　沉浮于严酷埋葬的冬天
满天的泪水淹没了早春的预演
落在我的体内　打在我的手上
我紧紧握住的是一条吞没了内心的河

悲伤尽了，就迸发出喜悦
沾满泪水的树枝蹿出诱人的嫩绿
目光，招手　在模糊的远方摇晃
那是现今的祥和　惦念上古老的荣光

我相信春天　相信无处不在的泪水冻结的寒冬

你在漫山遍野的红绿中絮语

所有的悲伤在四季的序曲里满满倾注

所有倾盆的希望随艳阳而绽放

孤勇之路

你踽踽独行　走向蒙蒙的烛光

风将凝眸的气息吹成飘落的花瓣

你隐藏着流血的心

无法把手里的落叶抛向黑暗的悬崖

拥着自己的身影走向无际的旅程

风沙把你剥成尘土

你捂着为别人跳动的心

做石头的梦

永远面对一双眼睛而凝固了呼吸

谁会走向你

没有温暖的脚步、闪光的玫瑰

星星的目光像无边的坟墓暗淡而落魄

清凉的泪水打湿你的衣襟

你抚摸别人的悲伤

人世的悲伤像清晨的水滴沾满你的双手

你捧着全世界的珍宝　所有人
再也找不到你
每个人无依无靠的内心
突然闪出你的泪水　世上已无眼泪

秋日别离

秋在身边瑟瑟作响
嘴费力挤不出变浓的暖
荒草倦烦地奔向远方
像你的眼流露的心不在焉

霜染的叶子在风中忐忑不安
像我等你道了声珍重
多年过去如此时俱寂空茫
又一个秋日喃喃说着再见

爱丽丝在人间

五月的原野，葳蕤葱茏，而又空空荡荡
我潜没在春的深处，我的梦如同澄澈的天空
那隐没的彩虹像我的脸颊
陶醉在青枝绿叶间飘洒的爱丽丝

白的，蓝的，如一只只翩翩起舞的蝴蝶
悄声絮语地讲述它们来自神话的山巅
由伊丽丝的天上虹化作大地上欲放的花蕾
在草木间燃烧着流动的火焰

在我深沉与渴望的梦中
它们扑动着纯净的丝薄的羽翼
在绿茵与红日之间上升
在我追寻的目光之中　或隐或现
或化作天边退去的朵朵浪花

我看着它们流连忘返地飞翔
贝多芬的钢琴曲里浮现着脉脉的愁容
幻游的仙境里悲喜的泪滴打湿了颤动的草叶
它们翩跹在忽然清醒的五月的窗前
恍惚间又遁藏在蓝天白云之中

我等待　你在月月日日中向我走来

缥缈的音符在灵转的弹奏中把我带入缭绕的梦萦
书页里飞翔的文字拥着我在曙光之中漫游
我的额头紧贴着你漫天的身影
气息在五月飞扬，你温暖所有的四季

三月春风至永远

三月的风吹醒了乌溜溜的眼睛

海面的冰向远方纷纷退去

春水新生的面容如硕大的花朵轻轻荡漾

大地上凛冽的气息，慢慢死去、下沉

温馨的力量如举起的拳头遍地发芽

盎然倾吐的绿意在春风中复苏

我满怀热爱，是因为人生太短

春天眉眼里陶醉　却似水即逝

我看过每一个人转瞬苍老　孤独地幽泣

青春与生命在后知后觉中，已如落花黯淡

满眼里是春天啊，满眼里皆是人们

我对你好，对每一个人好，是因为满含悲悯

一微一尘皆在我心，我爱无穷无尽的万物

可怎么也不够呀，是因为我知人生太短

三月的风吹绿了树梢，正热恋的春天，就要远行

我眼含着春天，饱含雨水的世界在下沉

我好与一万个你相爱

一万朵花为了这三月的春天可以殉葬时

很多年后，只愿你能记得我

记得我在这匆匆的人间，燃烧了整个宇宙的深情

序曲与新梦

一种声音一种气息在枯萎的枝头

在黑暗的地下，蒸腾着涌动

歌声从绿意的心房渐渐地传来

高昂的春天与平静的春天

漫山遍野奏响春之序曲

崭新的春天和年年相似却又不同的春天

我倾听着起伏而悠然的春天

像端详着蓬勃向上而又静如处子的春图

我在高高的枝头与花蕾上跳跃

绿意与花香是清冽的美酒

我畅饮着

醉得像一只只美丽的蜂蝶在翩翩而又酣迷

或是在青青的草地与山丘上奔跑

新鲜的嫩芽与溪水宛如晶莹的翡翠

隐现着人心所向的福地

幸福从何而来？不停生长的春天

与泰然自若的春天

我们漫游、奔跑　向山谷呼喊

让山谷飘荡着满满的春之回应

我们张开双臂　向大海呼喊

让大海荡漾着温暖的碧波倾心歌唱

我爱这高昂的春天，幸福与悲伤皆真实地

向上生长

我爱这平静的春天，和平与从容都切实地

遍地蔓延

美好与憧憬开满枝头的天空

每一个人仰望着摇曳的花朵

火热的高昂与甜蜜的平静在春风中流动

那些春天正在寻找的人，我的目光

在春风中播种

我看到所有的人都在仰望着春天

明天会怎样到来

我种在春风中的种子

发芽时，人们会听到怎样的一支支乐曲

人们会嗅到怎样的一缕缕馨香

高昂的春天与平静的春天在悄悄地祝福

成群的星星在春光中眨着晶莹的眼睛

遍地的鲜花在春风中拂动芳香的梦

我们播种着　耕耘着　期待着

我们被春天寻找　被春天追逐

不用走到来年

一直走下去的季节，仍是高昂与平静的春天

春天的呼唤

春天来了，已来了很久
我站在繁花盛开的原野，站了很久
仿佛春天并没有来，我们站在路上正学会告别
那从未衰竭的呼唤的声音，一直在响动
哪怕春暮将至，一切春景将要远去
请继续聆听
回家的鸟儿正在高空挥动翅膀
梦醒的小草再一次萌发翠绿的新芽
这一切并不是梦，但那遥远的未来都将消失不见
春天的梦，一直在绽放、在呼唤的梦
永不会结束，就像日日夜夜我站在你的门前

我轻轻呼唤你名字中的一个字
两朵鲜红的杜鹃在手中颤抖
和煦的昼夜多么地静啊
在黑暗与明媚的神秘里，你一直没有回应
你会像一棵树　还是一朵花，披满梦的光芒
在一刹那放飞满天的，是极炫的美，是成真的梦

我静静站在时光之河的一边，亲昵地呼唤
门恍恍惚惚地打开
我看到了，"春天，春天……"
你是洒满了阳光的春树，从门里婆娑着身影

我静静守望着世界之门
你用你的等待你的沉默回答着一切
回应着我的与人世的呼唤
春天刚刚到来，却又来了很久
我们与万物刚刚相逢，却已注定了前生后世

黄昏咏叹

雪结成冰，白茫茫接上天边
快要黑的天像农夫的脸冻得昏沉
干枯的叶子不停下落
弯曲、憔悴的树像一只孤零的乌鸦
雪上的脚印依然前行
你将去何方，为何莫名地凝望

天快黑了，白骨也将失去形状
此地何方？闭上眼你像那瞎子
水汽又像烟，缠绕着起舞
那是一个女人，儿时乍识的相逢
像星空中的面容缓缓向上延伸
飘浮，像轻烟——飘散了梦的面容

谁的黄昏，又将是谁的夜晚
哀伤走向悲壮的时辰，永恒燃成灰烬
曾经、现在已是黑暗，带着梦
是否下沉，下沉后是否还能醒来
走来走去，像风中的叶子、凌乱的石子
醒来时，是谁的黄昏？让它沉默

深秋的祈祷

当虫鸣落入地底的水流时，秋已深了
满目的凋零落在我合拢的掌心
凄凉与枯萎的影子
堆满了我身外的世界
蓝天的眼睛与金黄的微笑总在我的眼前
在恍惚的晌午　寒冷的夜晚
我呆呆地凝视着，如深秋，沉沉而无边际

落木纷飞，我抚过的手给大地披上御寒的外衣
披在你遥远而亲切的心上
我怕你冷，多想你在温暖的怀抱中
种子在响动，水在萌生，枯叶生出花蕾
你能听到石头
在花香春光中融化的声音
雨水流过唇间，你在果实里做着甜甜的梦

踏着轻吟的落叶，我向上走，走向天空
向你的梦栖息的清寒而宁静的蓝天
我渴望的气息与身影，在枯黄中灰暗模糊
我倾注着内心漫天挥洒的白
第一缕春意摇荡的光芒
睁开你微蓝的眼睛
我紧捧额头，在深秋的烛光里遥远地相望

严冬心润雪

寒气低沉，板着面孔屏住声息

初雪还没有来，她告诉我们，未来的多么想来

在光秃的枝丫　在龟裂的田地

在凝固的空气　在我们灼热的目光

都充满着期盼的跃动

恰如我们心中那份洁白与那份光亮

我们充满梦想地活着

大地冻结血管干涩，而我们的脚仍然前行

灰蒙蒙的天空，在冷峻的凝重中

我们听到了一丝丝说话的声音

接着一片片白雪飘落了下来

脑海里纷飞的洁白，是冬在悄声细语

雪花是冬天的秘密

让一切眩晕的寒气，一不小心，冬就说漏了嘴

漫无边际的倾诉，雪片飞扬

这是寒冬最初的独白　不会改变的心迹

雪很冷吗？你用手抚摸或是握住

你会不会感到是一颗心在跳动　温暖而柔情

并无寒意，甚至充满活力，像洁白的火焰

绚烂地燃烧

一年中最后一个季节，把故事写满了大地

三百多天的日子，故事总有发生或是悄悄酝酿
雪并不冷，就像冰，我们感觉不到它们的生气与沸腾
其实爱能消融这个世界很多寒冷
我们滚热的内心反映着世界最美好的呈现与销魂

窸窣春之鸣

三月轻快的步子正要闪过，春天已过了一半
一个个我从千万座山峦中醒来
睁着融融溢满的眼眸寻找每一条河流
去找寻浇灌着正在期待的生命
我眼里的万物都拥有人性与灵魂

身影在枝头摇曳，于天地间要站得多高
每一朵花儿上都露着明朗微笑的脸
遍地的绿草倾吐着人性的气息
即将来临的夏季，火热地燃烧吧
噼里啪啦落满丰收的果实，春之姊妹于秋风中颂歌

绵绵的春风带着愿望吹绿了草　吹红了花
心灵在风的浪尖起伏飘扬
在洁白的云端露着群星面容　做梦祈祷
我从未停止内心的嘶吼
世界继续震颤吧，每一个角落瑟瑟而簌簌

最高最美的地方都栖息着人的肉体与梦想
时光、生活是上天赐予众生的恩享
在短暂、绝美与顿悟之中
我看着万物之灵高高地在风中飘扬
那是一个个我吗
那分明是一个个生命在我的灵魂之中欢笑

盛夏进行曲

没有唇没有琴弦没有听的人
只有心里在涌荡着微波
触着岸边的沙滩
夜静得窒息了风的喉咙
月下的长河如条白练凝固不动
没有远方，没有捎回的草香与蜜蜂
任凭花打苞在等着抚触

苍天如锅底，生存只蒙受灰垢
磨了许久的刀，悬挂在天空
庆幸之哀伤是谆谆预言
却被他人开采
庆幸之纷纭是被盗窃者
竟由本人自怨自艾

沉默之心如花蕾，种子在企盼中酣睡
蘸起满河白水　　泼向悠悠高空
漏洞密麻射出了清光
顿时鸟鸣兽啼　　影飞魂散
叹息断续连绵，在我血红的眼里
那是世界的霓虹灯在照亮我的全身

啼叫声汇成了海洋般的激荡
我震惊了，为这万物归土的人间
我不相信沙漠的花在绿洲是神奇罕品
我不相信深渊的水在天堂是魔怪浊物
红彤彤的太阳　硕大圆圆地升了起来
没有唇没有琴弦没有听的人

没有唇没有琴弦没有听的人
每个人尘土飞扬　每个人不断向前

雨季的迷蒙

银珠洒落的雨季淋湿了每一片叶子
烟笼朦胧时隐时现着忧郁的神色
我牵着你的手
走在这多愁的季节里
我们浑身湿透，在湿漉漉的野外穿行
我们没有家，在一无所有的贫瘠中
把拥有与得失归于丰盈的大自然

你在我的承诺中
梦想着明天郁郁葱葱的家园
我们肩并着肩紧紧相靠
我们的身体全是雨水
天地是我们的家，天浴洗净我们的躯体
我们仍然向前，走向未知的远方
让我给你唱完最后一支歌
我的爱人，穿过茫茫雨季，便是灵魂的家
天空碎落的歌在雨季的沼泽里沦陷
白雨之火中我们不断赤裸
剥心吧，灵魂之蕊

夏末的寤寐

是风的天真带走了夏天
是蒲公英带走了夏天，飞絮洒下荒凉
是镰月带走了夏天，寒光扑倒了稻田
落叶窸窣作响
乌鸦在灰暗的空中飞行
冷涩的溪水沉入地底的家园
枯黄、果实和微蓝的天
构成秋的画面

夏天的离开与春天的离开
一样悲伤，像钟声难以排解的悲戚
你戴着金黄的花环，穿着洁白的舞裙
娉娉在原野上远去
如何爱这热情的季节
如何让有力的声响贴近你的背影
与你同在，随你攀上蓝色的云
与你入梦，这一刻把门关严

铜色的岩石封住失去的幽暗隧道
灿烂的盛夏在你回眸的甜蜜顾盼中
奔向你的脚下
在你裙底灰色的平静中仰起脸庞
你是我的悲欢，深吻你唇边秋天的杯盏

夏末的忧郁，如地底的花园幽幽地喘息
在脚下蔓延，在天空回响，用刻骨的刀
划开平静下紫色的秘密
每颗心不曾离开的忧郁，盛夏的寤寐已是寒秋

十月与我们

稻谷在十月的夜里愈加饱满
街衢的楼房望着远处的叶子在山岗轻吟
你从漆黑的森林里出现　向我吐出
第一个词亦如矢车菊的气息　陌生而又亲切

我的凌乱的话语　如幽夜的光亮明了又暗
静默里　你清丽的身影
仿佛我从遥远的地方看着你走来
从那暮气萦萦的乡村　漂流着童年的小河
风信子气息的星空　一座座城市一道道光
夹杂着乡里人淳朴而悲凉的呼唤

我所有的话语在暗夜的微光里凌乱
沉默中　你清丽的身影明了又暗
远方的篝火映着黄花陶醉的面容
我的呼吸贴向池塘粼粼的波心
遥远的呼唤在冰凉的岁月里慢慢涌动
我们热泪盈眶　我们一片空无

黄昏纪念册

在早晨　红彤彤的太阳多么近
青春、热血与爱一并回来
把土挖动　太阳下的山
叶子像你的脸　雨般舞动

多像那水汽　苍白的幻觉
风割着枝条　反复拉着我的心
趁天色未晚　把土挖开
把失去的梦放进土中深埋
在新的一天再笑出孩子的甜

太多了，不得不挖成深坑
身后的巨大之影如病菌蔓延
把我卷入洞里不得出来
夜来了，黑影落成天上的星星

风多么静　月光摇着叶子
满头白发的老人悄悄走进花园
他低低地诉说　只有枝叶向他围拢
星星的寒光　无法叫喊
所有的石头与门把我们关闭

第二辑

月光的尘世

木桩

一根黑黝黝的木头插在那里
比时间还要苍老　比痕迹还要陈旧
它的脚下　泥土依偎着泥土
它的头顶　空气簇拥着空气
它像一座山　孤零零耸立的山峰
泥土、空气围着它　被它旋转

人和牲畜在被它捆绑的印痕中挣扎
枯黄的岁月在它的头顶燃烧
它站在那里　为着一个记忆
一段晦涩的爱　一个尴尬的承诺
向地底合上冻结的嘴唇　而一声不吭
插入大地的心中　插入滚烫的岩浆中

风一样的景象在它的面前来来往往
古老的泪水坠成一块块石头
它伸着长长的眼睛
头顶没有希望　脚下没有生命
从未像一棵树一个人　只为自己而站立
它只选择了站立，不知生死，深入地站立

黑眼

看不见任何东西　雪地向远方延伸
不远处的雪山隆起肌肉耸向云端
天色灰蒙　世界巨大而没有方向
我看清不是我的盲点在跳跃
是一点黑色的东西在蹦跳
在雪地闪动　忽在雪山像钉钉

是只小小的黑鸟
如夏日的火　春天的闪电
像一个字眼
在一张白纸上跳动
在思考一个永恒的意义
如一声呼唤
在空白的脑海中感应
画上一个爱的痕迹

你在蹦跳闪烁
你那样明亮　以至于像一支笔
世界是一幅画布
你在塑造世界来日的面容
你执拗、疯狂近乎霸道
似乎一切在你掌握之中

是的　你扑腾在一切的面孔之上
想象、琢磨，以羸弱的狂妄
你是渺小的生命　却是伟大的精灵

午后时分

雪一样白　盐一样咸的水面
一片片青青的水草
短暂地栖息　又长久地飘摇
像波浪簇拥着密密的旗帜
奔向天边的汪洋　苍茫的沙滩
天上飘的云啊，风吹破的棉

时间的流水里　随波逐浪
逆行的风里飘摇
茫茫的暗夜里游荡
波浪拍打淹没
骤而浮沉
停留聚散水云烟

月光的尘世

那轮淡月升在面前
白皙而无表情
撒下冷凉的尘灰
光阴在笔尖逶迤成海
我愿意这样看着你
再想象你转而离去的影踪

你沉默如一池静水
收敛渐渐平和的呼吸
在你的深处睡上一会儿
醒来的时辰，你在光芒中远去
我愿意把言语冰封在嘴里
燃烧的刺痛在脑里弹出乐曲

在春的怀里把花放飞
满天的风筝是你飞翔的身体
洁白的纸张是你云端的翅羽
掠起的闪耀被不停地掐灭
让淡淡的月痕涂染我的记忆
忽隐忽现的岁月，我宁愿空白

姊妹

一片片花瓣，一簇簇枝叶
天上的星也撒了一地
我们起舞　于不久前火热的夏季
我灼人的目光像萤火虫满天燃烧
这一切不过是海底的闪烁
所有的字句在纸上也毫无痕迹

很多虫鸟的鸣叫变得沙哑
寂寞的秋天暗自医治多愁的伤口
枯黄满地揉捏　凄凉天空打盹
你看了我一眼，收紧人流的鬈领
加上你的催眠　我一动不动
悄无声响　如青烟无声地垂泪　幽噎

我看到一丝的留念　那双眼
火红的葡萄燃烧成昏暗的灰烬
鸟儿风中盘旋　我的心被你弹奏
残存的流连，把苦甜在浑身搅拌
透过那双眼　反复浮现的骷髅
在来日中跟随　在来世中让我接受刻骨的寒

红药年年生

像花开放，又像在恍惚中凋谢
像水漫溢，或而如微风的空荡
你不会离去　也从未走来
像月　像雾　在我的头顶
结满霜露如冰的冷漠
在眼里闪光　闪出你如火的眼睛

像沙漠无法对你敞开
像深潭无法让你触摸
不停堆积的痛苦　像海里的淤泥
在喑哑的心头盘结

你做你的梦　编织你的星光
任凭放下庞大的黑影涌动
满城而又满城
漆黑的淤泥
在天空　心里　眼中盘旋
你当是轻柔的细雨落在指尖
像你的叹息盛满莫名的情感
你怎会让我说出
你怎会把我解救

浮生悠似水

苦涩的河流在心头奔腾

像飘扬的飞雪

凝结萎缩在枯萎的枝头

一切好似都已平息

万颗里面颤动的蜂巢

高挂在天空　好似淡漠的心魂

一片静寂　没有一丝响动

风停泊在我的眼中

任凭它抽搐、痉挛、麻木

遭受囚禁、捆绑的苦痛

雨浇透我的躯体　我拒绝融化

甘做一具石头　直到失去知觉

我不会说　也不会陈诉

如万千之水在泥泞中汇聚

当滴血深沉　泪有千行

瞬间干枯乌有　如同烈火蒸发

失去的一切在远方　又像在眼前荡漾

而静默　像水中饱满的圆月幽幽万年

七弦琴

柔美的月色一次次把我带进了古老的光晕
一切都不曾发生　只有这原始的初照
没有时间的梦如玉雕拥着宁静的月光
梦暗哑无声，又似在窸窣地吟哦
人性里最期冀的情思回响着最神秘的琴弦

七弦琴在氤氲的夜色中忽隐忽现
古香　秀雅的静默中流泻着绵绵清越的乐音
心灵的低诉是一把看不见的七弦琴
人生的梦将你制作　你与梦一样悠远
五千年幽幽的心声　却如天籁等待降临闻所未闻

皎洁　缥缈　静寂的月光
繁茂　幽深　沉睡的大地
我望着你　一遍遍数着你七根琴弦
眼前浮现着七种色彩，音乐、心灵、梦想
是你美丽的发丝、手指　魅惑销魂的身影

从碧绿如茵的草坪　芬芳的苹果树下
从风烟涌动　惊鸿一瞥的黄昏桥头
让我看见你　沉默无语却又铮铮待鸣
你是秘密疆域　恍然掠过的七弦琴
还是金黄的楼台款款而过的侍女　迷离了梦境

潺潺的流光如你的身影　或远或近
你如幻的纤指在天籁的栖居里幽幽滑过
沉睡中歌吟的梦如静水汇成汪洋
最亲爱的你在高山流水中　如轻烟袅袅呼唤
最古老的琴弦　把你我摇曳在漫溯千秋的悱恻路径

美之魅影

灯光下，沐浴过的头发松散闪亮
牵引人在你身边沉于不醒的欲望
没有鲜活的葡萄或晶莹的宝石
能揉成你的双眼　使风光颤抖
心里的雾烟像水草茌苒伸展
你白玉的肌肤温润我变成蜂蝶
在蕊中沉醉地啜饮你散发的春光

星光中　你的唇如新月绽放
如剥开的石榴，干枯的大地
等待你　如骆驼在沙漠跋涉寻觅
雕刻的鼻梁透着美的尊严
像你四周的身影为你一矜而跪倒
你轻轻一笑颠倒了视觉
冰雪融化　我的躯体随之化为春水

美之神啊，我与世界随你之驱使
昏眩的梦中低号悔恨的声音
你的美那样庞大遮蔽你心的渺小
我们渐渐靠近　于黑暗的美之旋涡中
我搂着一堆腐烂的骸骨　被天明惊醒
你在哪？世界全是如你一样的美
走近　看见不断掏空我心灵的假象

故乡的街巷

长长的胡同像一只长靴筒
窗台上的含羞草被风吹打着
像你消失时紧拢的身子
这里没有平放的石磨　只有记忆
破碎在墙缝里如青苔一样渗透
这里安静得像一块石头
耷拉着眼皮屏住声息
炊烟升起，身影往返着晨昏

黄昏时的胡琴缩短了老人的目光
生在这里，也将在这里死亡
生命像一只蟋蟀拉长了隐逸的呼吸
等待的是夜晚，没有灯红酒绿的夜晚
古老的地面任我来回敲踏着脚步
我只能获得思考恍然的想象
仅有的几步度量出了我一生的有无
谁也不说一句话的　寂静的胡同
唯独雨打在我的身上，感到了我渺小的重量
活的人，死的物啊，都轻如朦胧的烟雾

胡同的名字肃穆得像雕像的眼睛
地上的沙子一年一度像长存的礁石
一切皆是空无，只有人记载它装载的容量

云朵在狭小的空中翻腾

它的故事如撞破的船在慢慢沦陷

雨水模糊了相遇的面孔

远去的呼唤，昏黄沙哑，如墙边苍老的泥沙

风再也等不到，往昔的气息，带着热爱归来

寂寞　遗忘的雨水流淌在长长的胡同

我们再也等不到，纯真的笑容在胡同里如新年的烟花

念桥之夜

屋里的微光被窗外的夜吞没
静静的，为一个词，一个美的瞬间
一个胸脯起伏的呼吸闪现
阳光下油菜花般拂动的面孔
我慢慢地怀想　似乎想到窗外
那块上百年的顽石，见过我爷爷、父亲的月光

坚定不移，它要永久蹲在那里
像一块不可移动的岁月纪念碑
旁边那与老屋同岁，叫不出名字的树
死了又活，活了又死
它仍要挺立，迎对昏风晦雨
哪怕积雪压得它失去了颜面与尊严

此时，它们都在沉默，渗向地底的
呜咽，哑了喉咙的哀悼
让夜融解成一片黑，也是它坚定的意念
像我想着想着　在灯下只剩
一个小小的影子　老鼠成群涌出
翻箱倒柜，也没有找到我已去哪里

契临

每夜，你来到我的身边
你清爽的身影在夜深处低回
我静享着彼此神秘的呼吸
我如鱼褪去了浮躁的烟火
落在你清凉而又芬芳的春水里

每当清晨醒来，你空白如云
心底往天空高高地悬挂　仰望
你的名字在我的眼底一压再压
泪让你不经意地碰落
羞我守着相思，在夜的灵魂相窥时

你的倩影在我的抽屉里深埋
往事一一打开，如看到上了青苔的石砖下
那一对对当年的琴瑟
是落魄于那丛荒草，还是已是尘埃
不敢寻找　你那苍白的低吟与燃烧的面容

白日的光芒在眼前铺开迷乱
唯有你渐渐走近的声息
我像指挥席卷在 D 大调的狂想曲中
你慢慢浸入我的血液与骨骼
等那天，我的幽灵更好与你拥抱起舞

漫微

用你淡淡的吻拂去万物的尘埃
瞬间的温存已如梦中转去的身影
水上留下你轻轻亲昵的皱纹
好似欢乐的经脉萌起了弹奏的冲动

穿过花的衣裳、叶子的头发、泥土的肌肤
树木的手臂、山的骨骼，再把你
以灵的轻盈悄无声息注入内心
不曾有的感觉像你与黑夜在眼前亲吻

每个新鲜的诞生前迎来你的风采
你总如宙斯在一切安然幽静中
把海伦、珀耳修斯、雅典娜超然诞生
因为掌声总使你无法尽兴表达

上帝如你般爱过世人　以你的形影
我们并非珍惜生的奥秘、死的感动
你从未张扬，你巨大深邃，却谢绝回音
拿什么回答？只能造成羞惭的伤害

每一天每一秒，我像你伴随着你的身影
留下永久的吻，像对着图片
像我在黑夜中怀着与世相融的梦
祈求你的回首，那将失去你的真诚

花之梦辞

所有的花在白昼凝望着一样的神采
河水噙满缤纷的眼波脉脉闪光
所有的花在夜晚诉说着一样的语言
星星闪着泪光陶醉在无限的黑暗之中

你们莫非只为永远地祷告不停
你们莫非倾吐着美与爱的风情
你诡秘的氤氲一般的语言
地上星光一片　心花烁亮晶莹

你在酣睡的人间寻觅什么
雪纷纷落进你无语的杯盏
是忧伤，还是荼苦？这不是爱笑的你
带着笑靥翩飞在四季丛林

善与爱裸露泥浊于沧尘
天真之宝啊！你献身却无从安身
万念俱寂，天地静如深深的海洋
璀璨之星啊！弥漫着圣河中乐园的梦

影之垠

你的眼睛慢慢结成冰
穿着冰鞋的女人如鸟般滑翔起舞
你眷恋的目光堵住她的去处
你忘记了四周的沉寂　甚至忘记
哭泣与死亡在为你敲开一扇门
让你紧紧抱住渐渐年轻的酥胸

我说着仇恨、欠债、善恶
一直说到后人能有的希望
你用手敲了敲床沿
看不出是赞同还是提醒
你的手在床边慢慢垂下
把岁月金钱光彩漂入水里
瞬间溶解　如你的叹息
你凝固的眼光　凝固的面容
专注于近乎不可告人的陶醉

我再三请求可有的愿望
你什么也不说　任影子晃动
让舞者随你一起失去痕迹
爱有多美　你贪婪地占据
她是多么熟悉　又多么神秘！

你用最后的力倾注于一件艺术品

你要完成　抵住一切人的干扰

你的眼光在打磨　润色　修饰

泪在眼中　你要珍藏

不会让她在人的眼光中经历风雨

你不会说　正如不会奢侈地拿出

你怀抱着她在光影中慢慢沉入

沉下　在旋转的梦　在彼此的呼吸

你手脚已冰冷　什么也没说

多么残酷、神秘！没有人知道

那美丽的舞者她也不会知道

是谁呢　有可能她是我的爱人

平静会有多深　她的愿望是铁锚钳住的海底

念桥往事

鸟在降落　像石子撒在
冷静的白雪上
点燃的烟在脸庞　在枝头
如舞动的手臂探进苍穹

铅色的夜挂在倾斜的鼻尖
女人的叫喊声不再慷慨地响于耳边
希望真的很多
却是捡不起来的一堆沙粒

干枯的枝干　再也不能越过
吹出一片绿叶红花
时间的皱纹　再也不能抹平
拂出眼里会心的顾盼

满满的目光在远处搁浅
含泪收回去　像余剩的尊严
合起的书　闭上的窗户
与默想嬉戏　情愿把自己抛弃

月夜如水

月色如水注满每一个角落
你的眼睛占据我整个脑海
我们就这样凝视着
直到静静的落叶撒满来时的路
小鸟闭上了它的眼睛
所有的呼唤与歌唱在树下埋葬

月光颤动着风的叹息
如不断加强的咏叹把耳朵叫醒
像干涸的心
再一次汇聚水的感动
所有沉陷的记忆
呈现出赤裸的沙滩

张开你潮水般巨大的手吧
再一次深深把我淹没
越过死亡，紧紧地相融
苏醒每一根神经的年少轻狂
像光开始靠近，像血开始温暖
耳朵倾听吧，你正在涨潮的声音

风之灵

每日每夜你来到这里
苹果的枝叶、溪水的波纹微微颤动
看着你，犹如白的红，白的蓝
染进我的心　闪出眼睛的色彩

我是你唯一的知情者
你是生命的矿　犹如火的煤
难以开采　万物与你相遇
总让人消失于女神的门槛

你流金般像江河涓涓流淌
无法拥抱，尽管身浸其中
让你的灯照耀四壁
而苍白的心无法像你融于黑暗

吹着我的发，磨着我的魂
我再三祈求，而终是两手空空
你慢慢幽灵般渗入我的身影
把我的感觉像火蔓延开来

水面的影踪

井边，水桶掉到了井底，她浑身哆嗦
像风中长满了嫩芽单薄的树苗
他来帮她，把自己汲满水的木桶拎给她
他们并不认识，来这儿汲水
爬过了丘陵穿过了草丛走过了洼地

干旱的天啊，这水多么的珍贵
姑娘挑着两只微微摇晃的水桶
满满的水啊，脚步向着呼唤靠近
他趔趔趄趄提着一只满满的水桶
慢慢水泼洒了一半，水湿了路迹

他们只记着彼此的姓名
两桶满满的水荡着甜蜜的笑
她面对众人注视的眼瞳，她不敢来到
井边，把那只木桶还给他
满满的水呀，被一双双观望的眼睛遮挡了
他渐渐地麻木，想念那只水桶
没了装满水的桶，荡漾着泼洒着
正如他的泪水，慢慢直到那口井枯干了
他们都没有去，一个是惧怕
一个被剥夺

这条路很远

经过山林、野地、荆棘

他们不知疲惫地去了

去了也不认识了

在井边，他们的喉咙像水干涩

他们的面容像水枯萎

晨星照晚风

这些年，很多城市都已变迁，很多人都已不见
路途在脚下动荡，黑夜白昼消磨了远望的目光
坎坷之舞跳动在每一个时辰　饮尽苦涩的风尘

耳边的晨昏向我窃语着幽深的山峰
巍峨的庙宇迎着敞开门扉
袅袅的祝祷随着吹来的风依依环绕
我依然躲避　远离那些在黯然中跪伏的身影
哀叹的风雨在我的耳边
如影随形的布道者在我的眼前
我闭上双眼，我的世界只有我最亮的星

这些日子，我见过的风景都已老迈
见过的花开都已逝去
那些青如松柏的人在念祷中弯下可贵的腰膝
我一个人仰望着苍天
浩瀚的星云毫无表情　流露着无言的昭示与神秘
我被尘土与山头围困着　却从未屈服
从未在弥漫的馨香中迷失了人的力量与神采

红尘如潮水向远方退去，孤立、孤独与失去
把我拥在一无所有的沙滩
我望着从地平线升起的红日

我的心　比太阳还要红

而我害怕走向宗教　向命运屈服向绝望投降

我害怕我只是神的一分子

我的内心再无鲜红的人性之血

只有空空的信仰　苍白的假象

人间

朝暮穿梭，尘烟中脚步起落
走过的纷繁，留下退潮后空荡的平静
人生的幸福很少，脚下多是泥泞、坑洼与险峻
它们装满了人间的苦涩与艰辛
千万个梦，千万条长路给予的只是远方

树叶在空中颤动　在风的气息里睡去
我们在哪里出现
又在哪里消失
我们与万物皆为一家，却在殊途异域中沦亡
世界是一面很大的镜子
明如白云与蓝天
我们在其中片刻相逢，转而再无相见

万物皆是缘分，缘来半生，却在一念之须臾
我们的亲人友人
欢喜与光彩的相逢被无声地掩埋
一起相伴的时光只如一涓溪水
坠入巉岩下黑暗的深渊
努力抓住脑海中最贴近的温度　但只是想象中的癫妄

世界存在于万物的感觉之中
人离开了这个世界，世界亦关上隔绝的黑暗之门

人不在了
某种意义上世界也失去了存在
光明黑暗混浊的表象，只有无形无色无味的空
一念的人间一念的爱　冥冥的叹息　无过往亦无现在

漫长的路，回首刹那，生与万物如幻似影
鲜活光亮的人间　海市蜃楼的梦境
不经意走进的是梦，走出的也是梦
我们没有缘由的命运　没有不灭之地的人世
被无形的思想设计　裁定
我们当是人间的梦　空空荡荡却又布满奇异

孤秋

我追行的脚趾被满地里
正在爆裂的壳震颤
像蛇一样游窜的芽儿
我的心被抓挠得满是伤痕

夏天的树木、草丛茂盛得像云
它们都向我围拢而来
矗立着哀愁　却浓情厚意地相聚
挡着我眺望巍巍城楼的视线

我躺在床上，听着秋夜的雨
一点一滴的哀号　弥漫笼罩
你如是悠悠感伤的夜曲
可也是我不肯离去的声音

雪包裹着衰老的万物
终究我们在镜中看到了白发
记忆仍埋藏着年轻
锈黄破旧的钟沙哑地号叫
告诉我们曾经意气飞扬
可我们什么也没做过
只在心中垒筑着墙壁

也不让透露一丝风声
围困着自己

即使想念
世上再无想念

雪叶烧

一不小心芬芳的春夏已经远去了
淳厚的秋天依依不舍地把我送出了门槛
我伫立在苍凉寒冬的街头
那些繁花与硕果变成冷飕飕的寒风
稍待那些温暖与甜蜜的回忆捎回了一片片雪花

我相信寒冬有寒冬的温柔与情感
它有自己的方式把爱种满雪白的大地
把梦幻的仙国缀饰在寒风的衣襟
欻欻作响的脚步与冰凉的寒、飘舞的雪花一起疯
一直走向你一如既往在春天里绽放的世界

无论如何只要还能看到你
只要你还在我的心头
世界就会不断追寻与走向春天
只要还能看到你　在落满雪的霓虹
以最迷人的身姿让世界有了振奋的意义

你呀，癫狂了我的世界
要不就与这冬天把一切化为苍白
大把大把的雪　是瘾？是白之金
闪光与燃烧的下面隐藏着怎样的明天
你捧着灿烂的诞生，走在万花飞舞的世界的舞台

情同巨石

还要在黑夜中飞多久
飞虫将迎来一个生机鼎盛的夏天
还要在水流中漂多远
小舟将抵达一片永久置身天堂的绿洲

一千年一万年已经过去
苦难与梦想满地都是，与生命一起延续
仰头挺胸朝向那天上的太阳
一代又一代人站起又倒下

我们有烈火的心　有飞翔的梦
我们张开双臂越过无数高山险滩
经过所有的灾难　依然向前
风景与青春像枯黄的叹息落在了身后

路有多远？皆在脚下漫长或须臾
清晰的孤单将人消磨成无寄的枯叶
我们将在生与死之中
与一个个你相爱或分离
新鲜的空气与翠绿的叶子在阳光下簇拥蹁跹
转身飘零　坠入一片幽静的梦

而最终与最孤独的你

相邻着在地底长眠
还有多久，还有多远
你用沉默回答
真与美不需等待，只需要相信
无论怎样的命运
你是缘，你是理想，且更是爱之巨石

幽娴的光闪

汽笛的嘶鸣在幽影中苍白地浮沉
窗外风烟漫漫
人潮汹涌　追赶或是隐没
没有想到我还能见到你
你像浪花一朵　白皙、美丽而温柔
你像游鱼一条　木然、迅疾而沧桑

此时，我深情望着你
像把露水洒在你的身上
你慢慢睡去
漫漫长夜　我守候着你
直到你在黎明时苏醒
直到你像一棵树在静默中遗忘

光芒闪过你的眼睛，如果你看着我
我会用浸满沧海的眼睛
把万顷碧水投入你的心田
汇成汪洋与深渊
让深不见底的爱紧锁极悦的沉默

亦可把火投向火
从你的眼里烈火连绵烧掉整个世界
让炙热的疯狂沸腾极致的幸福

在溶解与燃烧中去爱
无论毁灭还是新生
只为有你，只为这一刻从未虚度
在你的眼里我相信永生
不要一瞬，不要匆匆一瞥
你永远鲜活的凝望布满我的回忆
给我万年，像月光在水中织造永远的爱的梦乡

永不冷却的明暗

只要和你在一起，哪怕短暂几秒
也走完了你
邈远心灵的路程
你静静无语，只要待在你的身边
短暂地相拥
也走完了漫漫一生的岁月

有种可能人生就是这么短的瞬间
我不是离去了
你亦并不是在等
我携着你　像云牵雨像燕衔谷
一起在另一个宇宙或是地底
给我你的永久的吻
你的吻像火
一触即燃，再而沸腾成海
漾荡、向上、漾荡
一直烧到地上的草，天上的鸟
人间不再平凡
世界苍老而又重生

而我们再一次携手轮回
再一次相遇　再一次相爱
再一次让生命在短暂的相拥中

吻触　浴火
飘扬的火花像一只只绚丽的蝴蝶飞翔、坠落
来世在湮灭的烟雾中诞生
一次短暂的倾心
一次漫长的相融
我们会再次死去
但爱过的人间永不冷却

群山之巅

你带着模糊的光芒　蓓蕾的娴静
照进我心中最昏暗的角落
如花的光芒拂过绝望甚至荒芜的心头
让我看清
看清软弱的自己　如黄昏奄奄一息
烈酒与热火的振奋
长风与日月的呼唤
你静静地来　带着翩翩的风采
在我仰望群山之时
你正充满黎明的激情
慢慢露出通红的娇容
傲然而卓立的风姿
羞赧而热望地顾盼
你来如旭日，去似月光
你不是那太阳，却胜过日月繁星

你在天上，你在地底，你像梦寐
一会儿出现一会儿消失，无声却形影不离
你充盈梦醒的天空
你不是云，不是风，却注满了苍穹
你沉默你呼啸，却无声无痕
你无处不在，却空空如也
像眼神空洞，像水影呆木

一切的一切都会消失
而只有一份记忆永不消亡
那份让你痛哭并微笑的爱
你像出水的初月，你像舒放的晨阳
我爱着的你在不断地新生
我爱着的你的一切永远在不断地进化

你不只是你，你活成了天上的彩虹
你浑身每一道光普照着每一个角落
山河草木　星球天际
每一滴水露闪着你的光
每一朵花蕾显着你的暖

因为你，我爱上了世间万物
用我所有的深情与你所有的热爱
在冥冥中相交，因为万物是我们的领路人
指引所有的信与爱紧密相连
一切因你而生，因你而把灵魂上升

寂静之渊

我轻盈且茫然地在黑暗中
一切都陷入了混沌
过了人生之路
将是永恒的梦魇
经过你稍作停留的路口
自此一别，恰似人鬼殊途

伫立、相望，短暂又似用尽了一辈子
风尘滚滚淹没了平静无语
我多想触摸你
我会在感动中叹息
我会在幸福中流泪
我想你的肌肤
我想你的温暖
把这份记忆放进漫长的缘来缘去的阵痛中

你的心，浸满了我所有的泪水
像深井像水潭
有一天我不断地汲取
所有的爱与痛苦
阵阵香气萦绕在你的四周
你缓缓走来　你像火把
默默燃烧，一直把前方照亮

黑夜、孤独、旅途
在你缓缓而行的爱的火焰中
照亮这片世界吧
用你短暂而炙热的年华
奔向永恒
奔向我曾经与你萍水相逢的地点
我们一起继续向黑暗的前方跋涉
我们把自己献祭给无上的苍凉
用巨大而沧桑的爱
体验一刹那的欢喜与永恒的剧痛

星空

月光映着雪　大地烟雾浮动
闪烁火的欢乐与沉闷的焦灼
一年又一年　从古至今
以人的眼光去看人　像水滴
敲着凝固的石头
月下的守望者凝成霜打的枝头
喧嚣的宴席为什么不倒杯酒
哪怕是胆汁的苦也能温暖他的唇角
只是避免像野猫伫立在山崖
任内心像雪下落　燃烧　飞舞

当影子在后退，靠近是多么难
你的呼唤也是泉水摔成了泡沫
欲想表达的心像圆规
那只脚在画着描不出的边缘
我们寻觅着各自的脚印
却不能原谅彼此不一样的自由
把心放在潭底　像莲花在水底
不得开花　更不能放光
我们挖着各自的战壕　让血汗
不停流淌，扑溅得月光浑身色渍

那些勇敢妄为的爱　你要原谅

那试图用一根火柴融化冰寒

犹如你回味春天的感觉

当赤裸的脚在你面前带落下泥巴

当它是刚落入肚的饭粒的可怜的母亲

请你接受这份问候的高贵的贫穷

服毒的、上吊的、跳河的，那些自杀的人

原谅他们的懦弱　这些幸福的弃儿

毕竟温暖躲避着他们苍白的心

原谅他们　像你的唇护着你的齿

也原谅我　原谅我一再沉默

像千万年的星至今毫无表情

原谅我的孤独、冷漠，我的畏缩

毕竟在这人世我只学会了

像千万年的星空，冰冷无语，木然望着一切

满天是它们浩瀚的胸怀

一颗颗孤独的，晶莹透明的心

默默垂烛泪，露珠铺满整个清晨的人寰

原谅我，我的爱人

就像你原谅我　以一根草的纤弱

把所有的博大与悲悯遥望致敬着星空

孤独、冷漠、畏缩的星空

远去的人，远去的二胡

每天黄昏，五个老头在树下
拉起二胡　十万分之五的角色
琴声穿梭在清冷的街道
他们唱着　唱着别人听不懂的曲
路人急匆匆地走过
很多门窗堵起了耳朵
他们拉得忘情　唱得深沉
在我陌生的眼里弹起层层水花
倾听　倾听到飘忽的心事
他们的脸上写满坚定的字眼

长长的时光　某年某一天后
只有两个老人在黄昏的树下
琴声忽而欢快　忽而悲凉
执着地引吭忘我地歌
人少大半　他们的世界依然坚固
很多人听不懂　听懂的声音远离了真

那一天，又一个老人拉完自己的曲
只剩下一个老头的独奏
他专注　他把雨当作落叶
他激昂　把无人欣赏的表演推向高潮
他拉着唱着　黄昏闪着春光

夜色染着他的深沉久久荡漾
把所有时尚的物件一遍又一遍敲击
鸡鸣的声音是他有力拉起了胡琴

迎来天明　翻开遥远的年代
他是一块黄金　在现今坠成古董
无人收藏的古董　他依旧在唱
每天黄昏　在我对面不远的地方
只有他一个人　却一直没有退场
他的狗躺在脚边听得多么真

阳台上的少女

被房屋递出去的
恰似升降台上光华夺目的明星
飘扬的身姿向天空移动
满地的星星在仰望
不可企及的距离
眼波流转昼夜的光芒

秀发披散里美丽的脸庞
在空中高挂　她陶醉地张开口
向阳光，你的手缄默地飞翔
这是巅峰　却远离蓝天
枯燥地逼近严酷的大地
你的真理吹散成祈祷的泡沫

来自何方，黑夜走过绿叶的诺言
向你许诺　一声声如露珠滚落
天使捧着灰蒙蒙的尘土
在你闭上的眼里哭诉奇迹的破灭
晨光中露出那个英俊少年的面容
他在天空之上，你模糊中失去爱的能力
你忽然想起了什么
你奔下阳台，寻找遗落在地上的词语

梦幻之树

生活的大雾弥漫，以至于再无相见
前路遥迢，深邃里埋没了鲜活的容颜
一切都静谧下来，流星不再滑落
蔚蓝的降露睁开了你美奂的双目

树在凝视中四面生长
枝条如你的手徐徐伸展
花与果实在你的呼吸中摇晃
银鱼一样的叶子荡漾着波浪

披在身后的头发飘动着思想
在白昼奏鸣　在夜晚安宁地哼唱
攀过你的背影　那是我的手
拨动着琴弦发出奇异的乐声

凝视你的眼睛　凝视你的心
树的血管向我的下面生长
枝叶升起我的臂膀
你的心在我的心上碰撞

你在说话　触着我的额头
梦幻如绽裂的果浆升起
你在诉说那个凋零的秋天，你不知道
那个与你失散的人此刻长入你的心中

神秘园

一路上你看水　我也看水
沉默为一种心情落泪
白鸟远去的啼鸣如目光流连
浪涛摇荡着心房去了又回

船在加速着我们的分离
水花在感叹美丽的泯灭
茫茫流水相靠着永恒的忧伤
飘然的幻影带去了撕开的岁月

行程是由终点完成
在无数双手的挥舞中
只有你的泪纯净如水
我的手举在半空成雕塑

我向更远方漂去
一切已如风息
我们的故事如流星而逝
将所有的真情实意
写在了永不消逝的水里
玄妆倩盼了我一生的风景
在我内心的花园　玫瑰盛开
四周是围绕的海水

浇灌着我们神秘的绽放

鸥鹭翻飞　星光闪耀

你踏着与美丽同生共死的歌吟

在我的身边看水与永生

——看泪水与玫瑰的嘶吼

没出息的人（谣曲）

月亮掀起了轻柔的棉纱被
丰润的胸部盈盈亮起来
剃着溜亮光头的小偷
水鬼一样在黑夜里流窜
"我不偷水中明月
　　不偷闺中美人
　　不偷少女芳心
　　我只偷驮来酒肉的花花银"

金黄的月亮挂着他的腰向上爬
爬上阳台　蹑着手脚将门撬开
摸不着一个贪钱的柜
玉手镯　金戒指　银项链闻不到味
推开里屋的门，烛光照着
镜子里，映出一张少妇的脸
那柳眉招展一汪桃红的娇颜
两颗黑宝石灼射星光的璀璨
秀美的脸颊犹如飘逸出尘的芝兰
她沉默
　　她的眼睛会说话
她无声
　　她的双唇在勾魂
还有她身后瀑布挂悬的发浪

冲净他阴垢　眼根儿明亮

照镜的女子问他来做什么
惊得他想了半天说不出话
"我来做什么？我是在做梦？"
小偷听着女子笑他梦游人
神思恍惚逃下了楼
皎洁的月亮照着清澈的河水
小偷在河水旁丢了魂似的哭泣

映着烛光，镜子里那位女子
圣洁的美洗净了他的身
庄重的神漂白了他的魂
他想不出他本行是做什么的
"我不偷水中明月
　　不偷闺中美人
　　不偷少女芳心
　　一向不改的惯偷恶盗
　　却让镜中的匆匆一瞥
　　偷走了我小偷的心！"

被偷去心的小偷又哭又嚷
澄净的河水流淌金黄的月亮
那是他的心上人在镜中端详
他在一旁含情脉脉地凝望

她沉默啊，她的眼睛会说话

像动情的夜莺在心房歌唱
她无声啊，她的双唇在勾魂
花荫里的蜂蝶融融地叫春

小偷捂住眼睛　河水流着泪
月亮照着他溜亮的光头金晃晃
镜中的女子走入他古铜色的梦
他空空的胸膛，醉了把明天相忘

"我不偷水中明月
　　不偷闺中美人
　　不偷少女芳心
　　我只偷驮来酒肉的花花银
　　只是那镜中女子惊鸿一瞥
　　从此偷走了我小偷不死的贼心！"

尘世相隔万里

雾渐渐升起
你的脸隐约浮现
那轮金黄的太阳
却如宝藏让人遐想

我们曾经说过的话
如一地石子踢来踢去
欢笑声刺着我的心跳
路埋着你的眼神长长入眠

一直到枯萎的前方
在心里撒上霜的安宁
偶尔鸟啼叫在眼前飞过
带来你的身影与警醒

暮霭在清晨里化着晚妆
即将来临，是迎接，还是沉默
天边掀开了铺盖的衣角
是一只空盒子，还是不散的迷蒙

风吹去了茫茫千里
你说的，我都将接受
我在盒子里写上星星的话语
我在迷蒙中抹去回家的路

贫穷与富有

成群的蜜蜂在茅屋上做巢
下雨的天　蜜与水一起落下
光净的石板铺在门前
照着姑娘黝黑干瘦傻笑的脸

麦子长在石砾中　像壮硕的汉子
顽强　像他们能吃十碗肉的心
眼目昏花的婆婆　佝偻光着脚
出嫁时破旧的绣花鞋像宝搂在怀里

你在树荫下露着笑脸
吹起他们的茅屋　麦子在翻腾
在日子的嘴里尝下一把盐的咸
吹动姑娘的头发与幽幽的眼神

你用力把婆婆那古老的鞋子吹落
在她的心里如梦地盘旋
纯净的皆是贫穷　就如你一般
你在丰腴的物流，你歌唱的只是贫穷

第三辑

世界的秘密

于无声处

洁白的花瓣如伸展的玉手不断绽放

在黑夜　睁着想象的眼眸

闪着晶莹出水的清光

没有声响　甚至屏住呼吸

它脚下的泥土　隐约的树影　远处的墙壁

笼罩的黑暗与它的谦卑惺惺相惜

一粒种子，还是一个胚胎

酣睡着被裹在黑漆漆的腹中

安静、乖顺、小心翼翼

被孕育的创造　经受手捏刀割

你是宙斯，还是海伦

如夜里的花朵　超凡脱俗于无声处

白天　黑夜　河流　色彩

一切都在闪光

闪在上帝的眼里

他沉默无语任百转千回

看不到他一点细枝末节

正如不知他的伟大出乎哪道足迹

攀着黝黑的阶梯

攀着黝黑的阶梯　望着群星
熠熠生辉　坚定不移
那时的孩童　孤单一人吸着烟
污水流在我的脚下　像黑夜
瀑布飞溅的声音与花儿上的泪痕

蟋蟀跳到我的手上，抚着脉搏
凄楚地鸣唱　我手上的波澜在颤抖
我的心，我那双空洞的眼睛
漆黑的墙壁，黑冰般如山林立

我费力地越过沉重的双目
群星啊，你的意义就是生在黑夜
你怎么挣扎依然身陷茫茫漆黑之洋
一旦天明，你又在哪里
谁能在平明之中听到你的声音

你不过引诱着我，每天夜里守望着你
我的内心终不能放光
我的身躯挡不过滚滚而来的风尘
我渐渐沧桑，你却风采依然
为什么你不曾说话，只顾死心塌地
你有过青春，你有过梦想

天上星是人心

宁静的远方，白色的记忆，还有人都在消逝
如黄昏里的光
深处里的水将短暂的风华远远地带走
无声的脚步走进石头的洞穴
人间梦幻，但人从未醒于梦中
眼底的泪水结成了冰吗？但冰并不存在

泥土抹去尘世鲜活的踪迹，穹苍露着
空洞的平静
每个人都是天上的一颗星
人坠入漆黑的深渊，天空便亮起闪闪星光
睁着明亮的眼睛　露着微笑与泪水

有生有死　皆是灰烬、烟云与虚无
每一个生命坠入暗地
向下沉沦灭亡，以至消失
高高的星云之上　钻出了一个点燃的眼睛
那是不灭的星星，不辜负每一个活过的灵魂

芸芸众生苍老的躯体　如腐烂的叶子悄然湮灭
熠熠的穹顶燃烧着他们跳动的心灵
宇宙唯一的证人
见证着最伟大的诞生与最卑微的灭亡
向世界诉求着生存应有的理解、友爱与温暖

每个人都是天上的一颗星

是被仰望的王者　端坐在琼楼的宝座

是被礼遇的贤能　站立于玉宇的高堂

也是绽放的烟花　被爱紧紧拥抱

所有已经沉睡的人啊，其实人生没有死亡

每个人都是天上的一颗星啊

他望着笑着跳着哭着燃烧着

每一个生命都应永享福泽　喜悦与泪水筑造爱的人间

你让世界变得安静

我走过每一个画面，我眺望过高山
近观过低低的野草，也凝望过扬起的花朵
我再怎么走近，世界依然很远
万物板着面孔，冰冷而又无情地排斥
我从未见过一草一木的眼睛
我相信生者有爱也有阴暗的幽怨
万物皆有灵魂，当我望着它们时
天上的星辰消失了，灵魂的眼睛都闭上了

我望着静静的云朵　风中摇晃的叶子
你如飞絮在光彩中轻轻飘来
远远地望着你，世界就安静了下来
远方的雨落在了我的身体
我的灵魂在清爽的河里，浩瀚茁壮地蔓延
你模糊的影子带回了年少时钟情的那一片景色
甜蜜而忧伤的绿芽汇成黑暗中幽怨的海洋

你隐隐约约的目光如快乐的黄昏似睡非睡
我看到的是梦是幻，又唱歌来又跳舞
我睁大眼睛努力挖掘着背后隐藏的意境
如花的星光开放、忽闪而又流逝
有些距离，把盼望寄给时光，只有风知道
有些遇见，把记忆写在云上，成了一场雨

我喜欢这么静静地相望着，望着空气或是烟云
走过的风雨与纷扰的红尘也都安静了下来
我喜欢这份安静
静静地饮下痛苦而又战栗的陶醉
仿佛看着你不断地走来
你是花你是鹿，踏在我的心上，你是我的爱与罚
长长地遥望，你给我的梦，是那永在天边的最美星光

念如隔世

相信你会知道，我一直在想你

世界一直在动，门、路、楼房，看到与遇见在一边走过

温湿的风像潮水涌来　又渐渐退去

把心上紧蹙的焦灼，崩溃于刹那的恍惚

每一个地方，每一处生活　你都存在

广场　餐厅　货仓　码头　都有你掠过的身影

我不在意我的眼睛耳朵　真真与假假

但我相信这如影随形的幻觉　美好而深刻

我望向天空　我的目光印在天上

你看到或是看不到的眼神　都在悄悄地说话

你能理解的，但你听不到

但你心知，我的声息布满了天空与大地

我们被生活包围，而生活是大海　我们只能漂泊

岁月奔流　长路漫漫　我站在最高的大厦之上

我以为能清楚地看到你

能更清晰地看到　与接近于天空

然而一切更显得我的渺小　我所见的更加模糊的你

更加模糊的天空　让我变成了影子

在无穷无尽的念叨中随风慢慢飞到任意一个地方

围拢而来的黑暗　让世界归于宁静

所有的喧嚣　在憩息　埋伏　躲藏中变得静默无声

我坐在夜空之下　时间的手不停在身上碾过

发出窸窸窣窣的声音　我第一次听出，仿佛已恍如隔世

星星在天边坠落　我屏住沉重的呼吸

我在心里说不出话来　我滚热的疼痛的内心独白

全世界独一无二的声音　深沉的话语

随着光阴　随着群星的陨亡　而一起在人间幻梦中消失

我闭上眼睛　幽幽的苍穹覆盖在了潮湿的心田

安详　空蒙　平静，如无澜的湖水　一切如雾如巨石般睡去

清新的晨光如雨　冲洗得天空干净如练

我慢慢醒来　飞鸟展翅在天空翱翔

柔和的旋律随着红日冉冉上升

而又在中天发出震慑天地的吼叫

融合着我心底的声音　把所有对你的呼唤

交给每一处角落　每一个空间

空间的影子不停出现　围绕　跟随

随着我惺忪的目光　飞向天边飞向有你的远方

青草绵延　风尘沧桑　无声抹平与掩埋了

茫茫大地深处的痕迹与叹息

我们的时光、肉体，都将无处存在

你会看到你会心知　我的目光与内心在洁白的灵魂上

写满了金光璀璨　永恒的语言

将它们安放于天空

成群的星星在你夜晚的头顶炙热地燃烧

照耀成每一天与黎明一起升起的太阳　你一定会相信

它万丈光芒　永不泯灭地与你相拥在一起

越过生死与时空的——灵魂化石

生在路途

一直走，水很凉浸入骨髓，未见更深处
水藻缠绕像世人的头发纵横交错
黝黑的疯女人追着我念念有词
我的脚步点亮了一双双眼睛
枯瘦的马远远跟随着我　它丢失的家
在远方移动　迷蒙的歌声让人幽泣
细细听着风声　不断重叠的关门
外面成排的草在摇晃徘徊
寒气里一直嚼着冰块　多么尴尬
继续走下去：黯然、阴沉、陌生
神经冰冷地入眠　许多泡沫
像无数张嘴　不停地向我询问
我也想知道结果的意义　而过程更为陶醉

走下去　不只为路过、到达或死去
两旁的花笑得像在擂鼓
像更深处的幽灵恐怖地向我尖叫
哪怕走到万物灭绝或相遇
一群长不大的孩子　是炯炯的目光
梦在星光灼目下醒来　我喃喃自语
仍在前行　石头像卵在地面繁衍
我像棵移动的树　把眼睛长到
地底　走下去——观看别人的噩梦

星际的未来

我坚信世界将会毁灭于火
我坚信晨舟将坠入无尽的黑暗
我坚信重生的莲花在灰烬中哭泣
我坚信期望的火焰在梦魇中哀叹
无际的光是爱的泉源
整个世界荒凉的夜反映着最深层的缘由
星星的夜空带着飞蛾的恨陨落
风带着哀怨的呼唤如泡沫在海底呜咽

我坚信比石头更古老的船正驶向狂烈的太阳
清晰的爱与焦躁的恨构造着宇宙无限
我坚信比空气更原始的呼唤正奔向荼毒的深渊
浑浊的尘世与纯洁的灵魂诞生着万千可能
那从未破碎的梦或是最后的毁灭
我与万物苦苦挣扎的生的根源

此刻

我在这里呼吸着，夜色在头顶堆积
像下沉的鱼，听到心跳在不断溅起水珠
世界如叹息般远去
那些期望好好活着的人
只留下了沉甸甸的姓名
我呼吸着冰冷与漆黑的味道　凝重如霜

一闪而过闪现着疼痛的裂痕
泛黄的光影向远方飞
长路沉默　披着日夜走过的身影
卸下的年华如成堆的荒草
绿草鲜花上灿烂的内心　都将一晃而过
随即失去记忆　被空白淹没

多么美好的此刻，我可以望着你
你明眸里的清溪在我的耳边缠绕倾诉
香麝袅袅而来
世界融化成一点晶莹的水露
我们沉溺于永久的消逝之中
你如水似玉的纤指　在我的灵魂之中
环绕摩挲　触击最战栗的一隅

仿佛远离世间万物，温暖的小屋

亮着橘黄的灯光
我握着你的手，把此刻深印在你的心里
世界被我们重新构建，遥远的一切
围绕着我们　强烈而沉默
这让人幸福的此刻，随着往昔走过的沧桑
让一切都终成往事，让人苦涩地回响

我与这个世界在一起　还有你
生至尽头，逝去的梦，也带走了
一切的发生与图景
活过的生命，还是想念这个世界
活着之时，宁静的景象，光阴的折磨
让人苦而甘甜
此刻，越过过去与未来的长路
不需要生生世世百年轮回
闪现在至高的顶点，变成终点

至珍的宁静

起伏的大地在苍茫的天空中翻腾、飞扬
轰隆的巨响绽放出飘散的泡沫
我看着庞然的世界变成一只黑鸟悄悄地隐没
万籁奔鸣如一缕轻风栖息在枯叶上

星星都闭上了眼睛　或明或暗的面孔
每一个角落纷纷掉落
时光带走了一双双明眸　与行走的身影
明天在幽幽的哀鸣中醒来　遗忘而残忍

一切都会消逝，一切都必然消逝
人啊，一粒悲情的尘埃
在似水的记忆中漂泊、沦亡
深渊之深，成了灵魂的痕迹

依然活着的我们，路过山长水阔重重阻碍
爱是罪的沉重，让心底的目光陡然暗淡
所有的聚散，如萍如烟，每一条路孑然一身
爱到最后的平静，是亲人的生离死别

所有的鸣叫，在生命之树上没有一丝声息
生活的色泽如沉寂的叶子变得暗淡
天空与众生的眼睛像在等待着消亡
时光与气氛慢慢包裹、凝固，难以想象

吹向远方的风在树梢化作小小的叶子
滚滚流水的追忆凝成了天边的暮色
把一切交给宁静
星星的灯盏忽被熄灭了，关上的门再也打不开

画梦人

所有的坚信都已成空
我忽然想起了什么，而喃喃自语
你朦胧的身影带着半片人间
穿过黑暗的地穴
一切都远了，那有力的目光与言语
在远方长成了树，开出了花园
而你每一缕开放的姿态与声息
却再无关乎我的点点滴滴

我捧着尘土站在荒凉的路口
把最初的誓言呈向苍茫的天空
我什么也看不见　只有一片空无
只有你的面容如一团幽岚
在我破碎的盼望里默然散去
枝头微颤　你噙满甜蜜的泪水
我手里的泥土在风里慢慢坠落
那炙热的眼睛如日益枯黄的花瓣
那深情勃发的苍穹如坠入万丈幽冥

悠悠的光阴　深深的人寰　一切轻荡如絮
无声无息地穿过
我透明的眼眸　我倔强的信仰
如清晨的寒露回旋着滴下

你无形的手抚平人世涌动的波涛
那些比天还要高的誓言在倾覆中消逝
白日沉默　长夜无言
你石沉大海的坚固　埋葬了泪光与破碎
人世、今世在泪光中破碎

世界的秘密

我看到很多人如影子一样忽就消失了
我看到世界也会像那些鲜活的生命倏然消失了
一切都将消失在显微镜才能看到的乌有里
存在与不存在的乌有像梦无限大　像死亡无穷小

世界是放养的农场
万物被囚禁其中　从活着走向死亡
无形的帷幕背后是永久注视的沉默
一切如梦呓逝去　又陡然莫名地清空

我对很多人说过　人生如梦
那时年轻　愁雾笼罩着朦胧的年华
做个引人注目的骄傲的小太阳
渴望炙热的情谊像火一样狂

我看到被囚的游戏终止
梦也将终止　世界空白中消失成零
我看到幻象拼凑着一切　又陡然覆灭
明了如坠恍惚，万物是无垠之影

茫茫囚室全是沉重的实验
堆积如山的收获，涌动的力量，踩着天空攀登
曾有过是非的爱恨、生死的梦，也是恍然的实验
神秘之物的梦掌控着，诞生繁衍，忽又清空成荒谬

飘

一天天流逝，一天天来临
像牙一颗接一颗地掉落
嘴里却笑开了花
欢乐的果实在濒临坠落中慢慢成熟

四季的倩影依次清晰，又陡然暗淡
像雾在黑夜中弥漫
整个梦中的郁闷醒对雾中的清晨
稍待一切都被阳光消解烧干

眼里噙满的渴望，放空的送目
像楼不停向上延伸
离别被压在了底层
那一次握手没有今日的拥抱

很多事情在悄悄地发生
　像草在手上慢慢地枯黄
　像河水在心中慢慢地冻结
　像手最后一次与眼前诀别
　像心灵把夭折静静掩埋
　像爱的春芽
　像我们夏夜中忽闪的爱情
　像宛如秋月的你的唇
　在冬雪中另一瓣唇上疯狂地燃烧

追寻的答案

多少次仰望天空，风云与明暗落下了背脊
一个人一条路，满目的平静
多少次沉浸梦中，尘烟与幻影化作了轻叹
超越了成败，成为更好的自己

多少次停停走走，山峦与旭日露出了轮廓
薄雾轻拂一树红红的果实
多少次惘然思索，窗户与心扉敞开了怀抱
清风卷动满天浏亮的闪光

一生要经过多少事情，才能珍惜现在
汗与泪的洪水不断地淹没，你不断孤零地漂泊
经过多少衡量，才知相遇相知最贵重
每一个人都是孤岛，岛与岛环绕拥抱成陆地

生命中每一次遇见，都将千百次地感谢
像候鸟的旅途，飞跃生与死定格最美的刹那
追寻中每一次领悟，都是冥冥中恩赐的礼物
为真理与梦想走完一生，活成石子匍匐于泥地感恩

愿每一个生命都活很久很久　有更多的可能
让太阳炽热的爱　涂绘着七彩的人生
泛涌的黑夜用钻石的温暖将它一点点熔化
去做梦吧，被整个宇宙深深爱恋的梦

预言

风入眠了，面前是沉寂的旷野

草已枯黄，耷拉着脑袋

生命之轮迟缓地转悠着

树木撕碎了衣服，光秃赤裸

已去的青春年华静默哀悼

关闭的门揪着心　数着窗前的枯叶

雪未来之前，路骨瘦嶙峋地望着远方

还很漫长，路人啊，听！听那一片云

麦地零落的土块　石头般坚硬

麦茬像老人的嘴唇萎缩在皴裂里

雨雪未来之前，还要去收割一次

用手修整一下麦地的床

犁动沟垄时不再摇晃

锈迹的锄头再好好打磨

以后顺手熟练地使唤

在一声声呼喊中　泉眼叮咚

门还紧闭，蛰伏在我的脚底轻触

在书中翻找被忘去的拼读

夜更静了，喃喃细语地敲击

语音倏地呼号了过来

号子吹响了，风暴正一路客气地敷衍

在此要住上一个冬季
最后一支圆舞曲搂着你的腰肢翩翩起舞
随你呼叫的腾跃，拉开了春天的序幕

梦向未来

我看到人类的翅膀正飞上苍穹
这是亘古的梦想，难道只是梦在眼前
船会越过大地，装满芬芳的果实
带着翠绿的树木一起飞翔

我想拥抱平凡的众生，还有碌碌无为的人们
让他们得到尊重、鼓励与敬意
这是最纯朴与感人的梦想
然而依然是天上的烟云聚拢着阴霾与晦涩

我们满载着清冽的水珠与香甜的花果
划动着船桨　越过高山与苍莽
不只为飞得更高　心之所向之地
也为了更靠近每一个辛劳的大众与不易的众生

当我接近你，当我们碰拳相击
你们是幸运的　没有火花与闪电的排面
而千万颗心却相印地融合成一体
像一个崭新的星球　闪耀着期冀

是这份爱让万物互相吸引，我们挥着翅膀翱翔
也带着我们的家园，都将在一起而不分离
更接近人心，更靠近苍穹
梦挂在高高的地方，追行的我们不断靠近而相拥

天空之梦

上天固守石头的忠贞
接受你的询问
生活遵循水的冷静
沉默当作回赠

用手指感触手指的战栗
用眼睛编织眼睛的爱意
爱的痕迹在角落里细语
在屋檐上盘旋　在床底下喘息

不经意的怀疑伴随瞬间的昏厥
你是一场空白
却是满天的真实
空气中有你可触摸的音容
梦中洒满你的温度

汇聚而来甜蜜的潮水
终留下潮落后
一个沙滩痛的谜底
当我想起或许我已经忘记
我们不曾相逢——爱却在相识

空白世界

抹去了那一百多句留在脑海
每点痕迹却在反复背诵
像一幅藏宝图上一处处微小的标点
都是打开一切的通道
每一个字眼像科学发明
如一颗螺丝
少了一颗，拿到手的或许是一场空幻

我在背诵，你就在面前静如空气
我像一个僧人做梦都在敲着木鱼
我的身体我的手连着敲打的槌子
一并干枯，在腐朽里沉寂
你的影子不敢掠过我的安静
我的眼睛总是看到
你朦胧的影子
像一只老鼠总是在想着藏身的地方

相隔人殊，或许你已不知下落
背得只剩下空白，我只在乎有力的感叹
你的信跋山涉水
落在了我的手中
要么是同样的感叹，要么是一片空白
把它放在相册里尘封百年吧
没有醒来，梦将永远盛开在凝望与念想

峙梦

我对你一言一语

你微微地点头

你是春夜里皎洁的月光

在树梢羞涩地张望

亲爱的，想念不停毁弃又不断复原

我的眼瞳含满你在天涯的身影

梦的嘴唇猛然把一个黎明烫醒

掉落一地的，是泪是血，还是爱的尘埃

我的眼睛吮吸你的目光

在幽幽中相融化为青烟

短短相逢的迷蒙

却如两座山峰凝视万年

随泉涌的步履而止步

撒落的泡沫像人世遗忘的默认

现实的画面被翻转　你空如日夜

撒落天空的，是心跳是星星，还是无声的眼神

凝视的眼神

爱与美的女神在闪烁的目光中诞生
人潮涌动　你在求索中挣扎
直到折断双臂　你低垂的头颅
像离散的鸟在黄昏的街头打着瞌睡

辗转漂泊的阿波罗像流落至今
仅存躯干　无数颗心在摄取他的光阴
手在偷摘他的健美　残躯像块废石
失落的眼睛找不到迈向黑暗的门槛

架上被缚的圣人望着我
河床般沉静　被绑架着过了两千年
从古至今的人在望你什么　杂技？舞蹈
只有你一直凝视的眼神是永远的表情

祖先的血脉让我向前　而步履维艰
拉着一大堆影子向黑夜穿行
第一缕微光斩断我千钧重负
让影子落在人们的脸上　看得更清
我同圣人陷入一片空茫与憔悴
我是背负　我是幽怨　每个人脸上写着幽怨

怨之环

旋转的笛音一声声围绕过来

如不断吹大的气球遮住天空

我看到你心底的阴暗

慢慢生成

像一个个硕大的黑色蘑菇

旋转着烦恼的耳朵

你慢慢地陶醉　随着乌云

一步步遍布天际，合上它的眼睑

你一个人，什么都不愿意说

在夜里张开你森林般的叫喊

你的眼里，反复喃喃询问

庞杂的水草在眼底缠绕

把你的心事一次次在其中溺亡

你沉默　伸起幽幽的悬崖

让它重压，让深渊一次次把你淹没

你渴望黑暗遮蔽住一切

享受它毒瘾的幸福　你一声不吭

让什么吹响你的怨

你不愿是笛声，也不愿是风

你只要沉静，你只要加浓

把墨汁再倒入杯中

让黑衣披住你的身子　你祈祷

为你的怨　你祈祷，让它们在圣哲的

　目光下　与自己的生命，凝结在一起

光阴的碎片

蔫黄的光线让瓦房更显得古老
老人像沉睡的巷子刚刚醒来
鸟声幽啭
停落在井边的榆树上
这是个黄昏　夕阳如铜的黄昏
光阴容易老去
不知是什么原因
就这样寂静中送走了无数晨昏

院子还是那个样子
很多人不在了
小孩一身蛮劲地嘶号
脚步蹒跚走向台阶
墙角坐了一条蠢蠢欲动的小狗
偶尔发出幼嫩惊乍的吠声
如看到一朵朵花苞在嘴边摇曳
快些长大吧，时间一直在奔流啊

过去与现在　谁对谁说话
变成心颤动的一场淋湿
隔绝让人回忆
回忆让目光模糊成凄迷
在时光里漫无结果的相逢

我们的船相距在两个不相通的水面
在世界里踌躇无声的脚步
我们的缘置身于一个古老的幻梦
如这古老的院落
如这光阴的碎片

风靡新世界

世界束成种子　你在其中涨满
潮水般的芽茎冲撞着壁壳
喊出去　像黑暗牢房中饥饿的囚徒
光线如无罪的证据引动内心的咆哮

在头顶，再酣睡少许　你无声似水
世界形如你的表层　你已隐没
凤凰在太阳炉中栖息于灰烬
苍龙在未知的隧道盘桓沉睡

火熊熊地燃烧，如思念望眼欲穿
冰寒的月桂激发着阿波罗不竭光热
林间牧神忧伤的情歌穿越千秋
那肃穆的芦苇是他俯首憔悴的深情

睁开眼睛　你在聆听中如木头空蒙
硕大的种子覆盖我的双眼
所有的声音捂住心跳的鼻息
散乱的头发惊呼，你已遭囚禁

急促的鼓声似打在种子的外壳
雨弥漫草香　云集合树叶的舞姿
波浪举着蔽日的花　石头的耳朵四处蹿出
你是被囚的撒旦，却冲一切叫着醒来

旅途的眷顾

生命中的每一次相逢　有春天也有秋天

四季迎来了欢笑的泪水

也送去了悲伤的期冀

盛夏的蓬勃与严冬的掩埋

都是丰硕与蕴藏的感谢

珍惜每一天每一个时辰

每一次遇见每一次离别

纵然无言却难掩悲喜

一次次万千思绪，一次次崩溃难抑

那个雨季，蒙蒙的雨像拂动的纱帐

你在我的身边

任尘世烟雨把我们覆盖

你像雨，不歇不停，倾吐自己的心绪

你一直说，也是书上那样说

真情永远不会灭亡

就像宇宙之火永不熄灭

在荒凉之境攀缘的翠绿一样倔强地燃烧

一次次慷慨以赴，一次次如火如荼

或许永远漆黑的深渊里

只有你说的话一直停留在身边

像你牵着我的手与我一块儿下沉

与爱与热血最珍贵的相逢一起
我该怎样感谢你
感谢这个世界，用我的心朝拜匍匐
我深怀着热爱
因为你让四季给了我爆燃的绿意

第四辑

命运的答案

每个人走过的路

阳光依然明媚　车子缓缓而行
载着我孤单一人　没有对话者
很多人浮现在脑海
却讲不出姓名　记不清面容

车子驶过学校、住过的小屋
爱的赐予与爱的延续闪着无形的光
让我把所有的歌声隐隐留下
我的爱人在心里依偎着不醒

窗外青草树木　似曾相识
远处流淌的小河弹奏着年华青春
过去与现在都生活在一起
残酷是我们选择了沉默、自私与贪婪

车子渐渐变快　夹着风声
阳光在转动　转着黄昏的落寞
无数掠过的鸟影闪过沉着的眼睛
触动心上的弦　流过往事斑驳

黑夜中一切隐隐约约　车在飞行
远方被一颗星牵引　美渐渐把我融解
我为美而去　也为活着的顶端
最具刺激的探寻，高于永恒的生命

生命的边缘

路随足迹四处延伸　随着视线
种子遍布大地　像正在等待
活着的生物不知所终地奔忙
像是在寻找　却如岁月一片茫然

像佛面壁　让一切凝固成石头
你在飘浮　在墙壁之中　在树根底
在广阔的原野　你在说话
像梦为它的梦苦恼　不知所踪

你与每一个灵魂诉说　像赤裸的少女
袒露所有的温情与战栗
把你唤醒　让你成熟　忍受人世的迂回
肉体相融　在你的心上放出烟火

我们听不到　也听不懂你说些什么
你飘忽潜伏　像一个扑朔迷离的答案
我背着生命从床底爬到土的缝隙
你在诉说　感觉你的唇敞开了世界之门

梦寐的幻影

我成了座旷野　旷野里有我
我的梦在哪里　面对着天空
如一盘凌乱的棋子　迎来的袭击
我以沉睡去迎接生活——敌人

心是一股暗潮涌动的出口
巨大的冲击　破碎撞击着快乐
醉醺醺陪伴疯狂与坟墓的战栗
爱的面容在这隧道一丝丝流淌

我想嘶叫——你躲在深处的声音
你愿意遭受流放　像一群傻子
失去自己的心　所有的感情生活
变得六神无主　你好做白日梦

听，听你呜呜的声音　在黑夜降临
被你无形的手拨弄着　我身在何处
你去过天堂也去过地狱
你还将去向哪里？我愿意降临

洁白生涯

雪融尽了，悄悄躲进了泥土与枝干
万物复苏，如波浪蔓延生长
雪的泪水落进了冰冷的黑暗
在大地长出了绿芽，在天空开出了花朵

我们满怀希望，往昔的阴霾带着尘世
漫长的泪痕中哀怨的面孔
在灰暗的天空移动飘荡
世界沉睡的梦乡，太阳与星星依然睁眼不眠
那些看不见的光，也可能在心底怀藏

我走向来时的路，枯黄的大地，寒风吹起
连天的荒草
掩埋了来去奔忙的脚印与辛勤的汗水
春夏的蜡炬在广漠的荒凉中孤独地点燃
向丑恶与阴暗无畏地抗争　在苍穹下悄无声息

散作无边苍白的云翳
叛逆倾倒在污泥里，如被压盖着面孔的红红的野花
向善向光明的理想之光　在凄凉的冷风中
吹着洁白的叹息，在天空与地底化作燃烧的泪

望尽悲凉的原野，才刚开始，饮下苦涩的风霜

星星步上山巅，二十年、三十年都已过去
真正会杀人的是时间，无声而残忍
站在苍茫的天空底下，记忆与经历像无边的坟茔埋葬

每一片雪花，在每一阵悸动时，从天降临
它们感知人痛苦的内心，而触以温柔的相融
此时，大地寂静，远山寂静，更深层沦陷的寂静
我们活着也终将吃完时间熬煮的倾盆之痛

冬天最后的一抹盐味，在唇边惨淡地散去
我与湿漉漉的泥土裸露在春风悠悠的歌声中
美好在春天开始，也将在春天结束
历经生与死的火焰在春光苍穹下默默地燃烧

放着明亮的光泽，幽幽的幻境飘浮而又远去
人之一生，燃尽所有的痛楚，人就该走了
永不熄灭的火焰在苍穹下四季流转　枯荣交替
燃尽所有的时间，终结成一个梦，穿越到另一个世界

夜与梦的人间

每一个夜晚，孤独的灯轻轻将黑夜向窗外推开
白昼的狂欢碎落成河上星点的粼粼
遥远的星光与内心的光亮
在天空飞行　滚烫的手摩挲着黑暗的大地
浸满泪与笑的时光沉入土地里漆黑成灰
我们只能一路送别
泪水与恐惧在心里结成刺骨的冰

我是我自己的朋友　灯光在夜色里蔓延
我望着每一个人都独坐在灵魂的一隅
与自己说着话，在心里落泪，或跑到外面
像醉了酒的夜风在苍穹呼喊
大地依然沉睡　星辰编织着美梦
我与芸芸众生是另一个世界迷醉的白昼

我可怜我的梦，我看不到它们怎样张着羽翼在飞
我们不断生长的梦落在了地上
世界便有了越来越多的石头　像睡像死像哭像罪
我匍匐的心聆听着大地深沉的痛苦　每一个黎明
我的脸上洒满了星空悲凄的泪水
我沉重的梦依然相信　大地会飞向永生之境

幸福与悲伤的泪水　在空中飘落

人世的悲欢离我很远

我心里只有一颗干枯的泪滴

空中的信仰　在人间摆满破碎的琼浆

甜蜜的甘露与醉人的甘露都在勾引红尘者的眼睛

世界与我无关，忽隐忽现的流星带走黯淡的心与梦

无声夜倾诉

堵住我的口
用苔藓、石头、贝壳严严实实
在人旁穿梭　在嘴巴底下
悄无声息地来去
嘴巴喷泻成大雨的挥洒
我在无声的巢里嚼着平静

我就像棵树
摇晃、雕剥、飘零
我用身体接受刻下的痕迹
你找不着我的嘴
在泥土的下面
陶醉在黑暗的闺房里

不再有言语烧灼的喷射
不再有言语焦躁的长征
月光如酒的夜
注满山谷空蒙的胸襟
一声不吭的幸福
就像我们不约而同走到一起

我充满感谢

你是夜，漂流着万物头颅与鲜血的黑夜
我的呼吸在你的怀抱中慢慢沉没
在你的怀里我能看见自己
看到埋藏的太阳
漫漫黑夜，滚滚流淌　我吻着心底的光
你飞扬的气息将我化为水与泥　我眼含幸福的热泪

我怀疑你的黑暗　暗中涌动的虚假与泛滥
风声里我向你嘶叫　吵闹　挑衅地控诉
你捂起耳朵　像癫狂的大海翻腾　扭曲
迎着凛冽的寒光
让我感知光明的那份白

远方迷蒙，只有你越来越浓的黝黑覆盖天际
让我的心加快跳动，充满热情地生长
如果风与光能抵达更远的远方
但仍然匍匐在你的疆域
你的深度是一个谜　你的
深邃宛如一场梦魇　像你的个性一样冷漠而又决绝

或远或近都是你，黑夜占据了我的世界
看不见你的样子　夜的气息是你真实的面容
你从未站在黑夜的背后，也未曾存在于夜的梦乡

你一次又一次掏开自己的心

让我有了光，亮起了白昼

我该怎样歌颂与赠予，只有冗长的沉默　让自己醉

静美至默

你静静地坐在那里
像蓝天白云下　青翠的原野
你明亮的眼眸如深沉的流水
在你的面前皆是徒劳的过客
风吹着你温柔的长发
也吹去了正在燃烧的脚步

阳光如喷泉洒在你的身上
你的心悄悄地绽放
像正在盛开的洁白的花朵
沐浴在围绕的光环与爱慕中
你什么都不会说
醉心于化作尘土的等待

淡淡的烟雾穿过窗户
太阳渐渐升起
不断抬高的门槛
慢慢挡住难以跨进的眼睛
如坟茔无声地将我捆绑
谁会哼唱？你静静地坐在那里

瞬间的童话

像蛇　猝不及防
我握住你的手
用力裹上吞噬的缠绵
痛楚在你低垂的眼里陶醉
我摇晃着你的手臂
贪婪地掠夺最后的时间
像洪水向两棵树之间涌来
彼此张望　呼吸被孤立地分开

用上陡然断掉的一股力
像乐队指挥棒戛然落下
很多眼光在催促　像刀子梭动
手沾满潮湿　心渗满汗水
最后的迷恋　像燃烧的阴谋
不忘总结递上最后祝贺的话语
放下的，在深邃中飘落
两个紧紧相拥的手臂在地底下
腐烂的骸骨　迷蒙了视者的眼睛
二〇〇〇年某一天上午在古墓中发掘开来

爱你的传说

雪与花糅成的雪山女神
垂怜远方虔诚悟道的浪人
你昙花一现　无限温柔
远方的人儿啊，洒下滚滚泪水
为相识干杯　不愿离开迷蒙的草原
仰望着，而让自己化成沉默的石头

两个世界要分割开他们
罗密欧与朱丽叶　他们不愿
让炽热的情丝在冷漠的歧视下
改变他们的初衷　践踏相许的灵魂
宁肯一起饮下毒药
告诉仇恨破坏，让爱不复良缘的障碍
我们宁愿死在一起也不分离

先人啊圣哲，宁肯你的门人
看着你被绞死在沉重的磨难上
他们依然跟随　我看见
祖辈与子孙死在一条道上
一条通向坟墓的山道
情义点燃了光明　泪水洗涤着灵魂
又怎能不告示世人　彼此永不放弃

茫茫人间我们是小小的浪花

有幸相逢　与其无声地沉没

为何不飒爽地击掌放歌　亲抚为情的忧伤

你那有力的支撑　在无尽的妒恨中

我们也要让冰冷的一切

感受到温情涌动　雄浑激荡

因为梦在远方

每个人要走很长的路，才能看见那座山
那座山下堆满了金闪闪的落叶
我们在黑暗中看到辉煌　腐朽宛若莲花

早春在漆黑的枝头啼叫　湿漉漉的土地闪着微光
枯草在风中颤抖　干涩的回忆已无泪水
翠绿的阳光俨如昨日
而不久蜂拥的青草便将它们埋葬

河水缓缓停止了鸣奏　黄昏临近如杯催眠茶
我内心的痛苦都已平静
走过千万里的路，终有尽时的相望
千万里风尘漫天，高山望尽人世的喧嚣与悲欢

血与汗水盛满了举起的杯盏
如清茶一般淡然与寒凉
未冷的血依然流淌
挺起的胸膛　忘记了成为一个男人的不凡

春天　死去的已死去，远去的只在梦想中重生
只是一个开始，须再走一遍四季往返的枯荣兴亡
红尘烟云，荡尽了漫天的沧桑离合
我执着的追求依然强烈，亦如静默的苍穹一样平淡

心愿

告诉我，你不要轻易离去
我已经布置了黑夜里满天星星的帷幕
以及潮水来临前沙滩上的卵石
如果等待终究是一场错误
让我在墓碑前点亮一千支蜡烛
让你沉默着美丽　喧嚣着壮丽

如果来自沙漠的烈马
只能滴下余尽的血迹
请告诉朔风、风沙、干裂、凝固
我曾经的长鸣、热血、生动、舒展
都为了找寻你生命之芜中的绿洲
撕破皇天中僵死的阴灵与魔窟

如果人世间尘封的故事
都未来得及让我说破其中的悱恻
请告诉每一滴泪中的笑　与笑中的泪
我曾经含辛的同情　歃血的豪情
都为了诠释醉而苏醒的谜底
道破苍生中腐烂的鬼脸与污浊

如果有幸攀住梦的玉翅
一切不能言说，而我能说

请告诉地上与地下的守望者
我会让生命为目光所有劈出的道路
在烈火面前枯萎成焦炭的模样
而身后丛生出星睛与金心

只要你在迷蒙的寒夜里仍然到来
提着灯火飘入我梦中的心海
永远燃烧　前面挺立着巨人的肉体
后面激闪着巨人纵横的霹雳
如果凄凉没有冻僵你的毅力
请悄悄放下你的火种，请告诉我

你虚无而又沉默的灵魂的回答
是为了等待而在悠悠中注目

幸福与价值

人世总有缺憾

众生如蜗牛挣扎陷入世间

因为我们是人

要承受眼中光明的刺痛

要经受头顶真理的约束

淡漠的世界繁生着冷漠的草木

正如冰冷的海里藏着一大堆闭锁的贝壳

在深寒中熬死　也不吐一丝声息

有价值的贝壳正如有价值的人

那一颗颗雪亮带着火焰的珍珠

像人纯洁的心灵

与闪亮的性情

燃烧着落下那欢舞的花朵

飞扬的豪气与无私的爱

人掏出自己的心像摘下贝壳中的珠玑

珍珠像白雪纷飞装扮着人世

人世珍贵是人用灵魂的奉献与赠予

世界因为人努力的爱而变得美丽

唯一之星

花朵　光圈　色彩在眼前
呈现、开放
如温暖的茧　我紧紧挤在里面
跟在牵引的后面
像一个瞎子不敢松掉递来的竹竿

期待如不断加重的饥渴
还有被缚的疼痛
在路口　在水底　如人流　如水草
一起翻滚　震颤
被缚的躯体静静地燃烧
很多愿望从未照亮
光彩从不泼散开我们的眩晕

很多生活依然存在
在夜晚　也亮起星星的闪烁
嗜食我们熟睡的身体
埋下火种燃烧耗尽单薄的生命
很多果实在我们的头顶
我们抓不住，如万盏星光
照着我们沉睡　在所有的梦中
光阴流转在冷漠无言中逝去

无论身外春红夏绿

梦里坠满落叶

是星星脱去的外衣铺到天边

神话到处揽客

在粗鄙的现实　我们低俗的眼前

茫茫人间一缕梦一缕烟

高贵的心　从未屈服的不灭的魂灵

请醒来，大地最绚丽的花冠

在神与人的头顶呼喊

远古的淳朴　超然物外的尊严

请重新回来

如果信仰与人间已经遗忘

但请呼喊，用高贵的心，每个灵魂唯一的星

一个人的黄昏

太远了　又是一个黄昏
我仍向前走　风一阵阵
鼓动　在我干涩的喉咙
叶子像一个个发黄的誓言
在身边飘落　入眠

迷蒙的花在眼前闪烁
像星星莫名的目光
再次进入母亲子宫的旅途
时光关掉黝黑的门扉
把星当指环　创造伟大的孤单

什么时候　童年的城
为我弹奏懵懂莽撞的跳动
太远了，头发在雪地上纠缠
又一个黄昏　海向我追赶呼喊
茫茫尘世　如逃兵一样远去

孤行是吾乡

放下行囊　在雪地里面对空白
雪像纸币把梦幻堆积得淡薄
一双双眼睛像老鼠朝洞外张望
看一本让她心跳却无颜面对的书
家毕竟可以逃避苍白的灰烬
让雪层层包裹　像茧也可温暖

天边一丝微光像门紧紧关闭
门缝被黑暗抹得见不到清晰的轮廓
没告诉人你从哪来　你回哪去
你孤独地留在这里　空而又哑
背对一席风沙颤抖没有的谜底
继而，一问再问，步履沉沉

多么冰寒，结冰的心不知掉在哪里
熄灭的灵魂是冰雪还是身上的尘埃
寂寥的乌鸦是在为故乡无声地燃烧
天渐渐黑了，你须走下去
黑暗中闪亮着一轮乌黑的
正吱吱呀呀的圆圈　圆圈　圆圈

活出自我

土里的白骨是堆象牙
怒火烧尽后的黑渣也是神的
炉盘里一堆正欲擦亮神眼的火种
他们匿于我们的脚下
让黑暗渗浸他们唇齿的孤独
也不愿接受温暖手指的
猜忌、妒恨或掠夺
以一块土地的面对
看不到守着冰的渴望

不至于太阳孕上黑鸦的乱伦
放轻点，我们的脚跟敲击着地面
以抚摸地毯的轻柔
告慰曾经与岁月离开我们的家园
我们无尽地找寻　那是荣誉
我们会是认可的宝石　烧成灰烬
更是天幸　在燃烧的光明中
看到神的真目　一起燃烧啊
没有恐惧，没有生死相对
我们活在没有阻隔，活在
　　自己的天地中

命运的答案

为什么像堵墙　墙壁是为什么
为什么孤零零的鸟儿　是天上的星
为什么像木头　木头是为什么
为什么汹涌的风　像内心的火
为什么像流水　流水是为什么
为什么枯黄的泪　像眨眼的烟云

为什么站在那里　像撞击的鹰
盘旋着一团虚无　陷入空白
不满的果实填饱你的饥饿
疑问的空气鼓动你的呼吸

为什么像团沙　沙为什么像黄昏
为什么像雨露　水为什么像灰烬
为什么像黑夜　夜为什么像面孔
为什么像石头　石头为什么像坟墓
所有的为什么像飘落的花瓣
落在那个角落，为什么都没人去问一声

为什么黑夜拥抱着我
我却睡在旭日的怀中
为什么所有的坎坷包围着我

我没有成佛，却静默成千年的岩石

为什么我从未想过命运
而一直去爱从未见过的爱情

时代微尘

1

像蜂窝钻满耳朵
没完没了的流行歌曲唠唠叨叨
从日落唱到日中
像酒店里不断翻滚的锅
呆坐的酒徒睁着一只通红的眼
曼妙的腰肢从夜晚摇到晌午

望着匆匆的影片
烧着我们焦渴的心
闪过刹不住的火车
人海起伏　脚步涌动
赢得疯狂或是麻醉
轰然倒塌的废墟　一片漆黑

生活　生活
升起堆满灰尘的日光
一群蟑螂忘情蹦跳
在贝斯上　抽筋吧
为我们喝彩
为这金光闪闪的时代喝彩

2

像风对雨　手不停抖落
哗哗作响地叠积
魔术的荣耀在此闪现
饥饿的人们
抖得散架的碾米机
铺天盖地的体面的米粒
落入深渊般的嘴
正如金钱在贪婪的袋中装满

人如鱼群在穿梭
追逐　像闪光的水在四周激荡
在众声叫好的热腾中
每一个白昼　我被无声淹没
合上疲惫的眼睛
夜般密集的老鼠
在身边饥渴地撕咬
撞击着脑袋　撕来扯去

我是黑暗中被撕咬的一块布
一块露不出面目的布
我能看清金钱与名誉的颜色
闪着光芒把世界覆盖
我看不到自己　也看不到万物
我们被黑暗吞噬　被光芒吞噬

3

风，接着一片迷雾
像城一样宽阔的
厂房　冰冷地封住我的视线
刚下轿车的商贾巨富
一大堆灿灿的麻子
嵌在那张通红的脸上
满口的金牙像烟囱
冒着烟气　如烽火笑戏尘寰
周围无形的城在构造他的英名

我是一枚落叶　感触枯荣无常
我的生命不过是一些纸张
留下力透纸背的呻吟
终是平静　软弱无声
他如一辆战车
挺着酒肚嚎着嗓门在奔驰　威慑
如脱缰的马驰向大地深处

他走过，向地面投下黑暗的影子
我的心如时尚抖落下的一丝灰尘
走在暗淡的城垣　走在他的肚中
像看客　像他肚中的虫子
对世界所有的感叹
真如粪便被不忍直视地遗弃吗

热爱

我看到过很多的感情
像空气让人一直呼吸
像风烟连绵漫天
我看到过人间所有的苦甜错对
也看到过市井所有的不凡与卑贱
付出一切的痛苦只为一丁点的幸福

我爱一草一木　微小的生命让人感叹
我爱众生，爱这浩荡的人世
再多冷酷戕毒，亦让暴雨般爱得深沉
你倾泻的瀑布点燃
在我的目光里蒸腾吧
火焰错在灰烬　爱情罪在怀念
世界只有你和我，我们爱这石头的孤独

人们站在泥尘中，反复说的罪与错
便是我想的爱，让你日日夜夜站在我的额前
我向你倾倒着虔诚的泪水与有罪的焰火
越罪的爱，两颗心光芒辉映
我们爱这非凡的爱
千万颗相爱的心是星空的璀璨
爱是奉献内心的一道光
——在交汇的那一刻愉悦着死去

最后一颗星

黑夜罩着我　海鞭打着我
我的呻吟长长地留给了
那正从海底冉冉升起的一颗星
我的心在浪花的拥抱中涌荡着欢乐
湛蓝的夜空闪着美妙的声音
我找着了自己的眼睛、鲜血与梦
白昼之火刺破了夜空　我的心
随着你坠进了深深的海底
海风剥啄着我光秃而憔悴
人鱼在歌唱，海水呜咽着柔弱的希望

二十年前，二十年后　火的梦、冰的寒
青春的舞蹈，幽灵的挣扎，都是
同一个你，同一种旋律——最后一颗星
夜晚的坟墓绵延，冰封了我的呼唤
你不知一堆白骨在海边
只为了凝望你最后一颗星
在我沉没时，我找到了你，最后一颗星
这是生的胜利，是永恒之梦的绚丽
也是同样一种旋律，我的最后一颗星

回首路已远

追赶时光　我的心
比憧憬还要年轻
一次又一次叩问万千究竟
战栗的竟是自己的感情

风，吹吧　像对破壁
枯枝一样席卷我
诋毁还是赞美
留在眼里的终是人间的潮落

小心翼翼踱在你的面前
苍白的阴影在眼底涌向四周
揣测皆有的可能
而沉默　在延长我们的差别

我奔跑在坎坷的山间
在荒芜的沙地　在夜色浑沉
追赶你随时可能的出现
你像水一样关闭
在我沉默的手掌
留下一堆干裂粗糙的回忆
你设置的障碍
让我无法跨越

我不停地摔倒　坍塌
被你平静的思想淹没
岁月无足轻重　恍然如烟
你沉默的门　我无力敲打

孤女的一生

她会一直走，走到远处的田野
独自走上城郊的石拱桥
再从白天到黑夜中折回
回到她不认为是家的地方

人们都像归巢的鸟儿在行进着
路上走来走去都是孤孤单单的灵魂
那些搂抱或牵手而行的男男女女
在她的眼里，都是恍惚、短暂的虚幻

许许多多这个情节，是一出戏
人间最伟大之处，不是创造了人
而是诞生了梦
梦若有一天消失了
世界的故事也成了一堆灰烬

她不知将走向哪里，从涨水的河边
走到枯水的季节，她在城市里御寒
密麻的钢筋水泥里躺着一个个孤独的人
慢慢地，一切离一个人越来越远
这是时间的答案

人在不断地丢失，直到走进空空荡荡

看到有多少人，也会有多少坟墓
她在用一生去说，她够资格去讲这部历史
她会告诉你，在你来去匆匆的步履边

是人，就会有痛苦的一生
活着，最终会变得一无所有
命运的惩罚，就是让人知道了这一切
她一个人走来走去，用身躯讲述人的历史

一切都将会过去，万物皆是过客
她没有什么想不开的
她选择一个人孤独地来来去去
把行李放在树林　把餐具放在河边

天气暖和时，她在河水边脱去衣服
让水的镜子照着她已经老去的身体
在树林里的草地上披上衣被沉沉地躺下
有一天，这些历史
会在漆黑的死之历史里闪出醉人的光芒

高傲的选择

雨样烦躁琢磨着
椭圆形混沌的身体
血奔涌四肢流淌
心跳了起来，像钻出的眼睛
望着外面空气般清晰的一切
心不知落在哪个位置更为贴切

远方的吆喝　触动着麻木的脚
向前　漫无边际　脚印写满了往事
带着寻找　背着梦流浪
漆黑的背影让猜测一起不知去向
像坠落水底　水掩盖了沉浮
被水萌动了的蓬勃　像水藻
在水里弥漫无际　伸张铺展
像鲜红的血在夜里流淌莫名的悲伤
像一匹在马厩里痛苦蹦跳的马

世风凛冽，你紧咬嘴唇，遍体鳞伤的灵魂
开满尘世的鲜花　与欢腾的烟火
我们忘情地舞蹈，在你的泪河中，彻夜狂欢
梦与梦相连，一直向尽头的路上，是荒凉

千万只眼睛看不见的沦落的心

它的形状　它在哪里
我们赤条条地依偎着光明
而你高傲地选择了黑暗

活在生命之中

穿行通道　蜂拥着相遇
人像纷飞的蝙蝠不会碰撞
如佛像的眼睛漆黑　空白
如烟火中朦胧的眺望

他们的叹息同他们的心跳
一样保密，如衣角小心地掠过
像雪的痕迹在天空中褪色
腿脚千万双，而每一双
有石柱的定力，也有流水的方向

人的平静犹如人的战争
漆黑的夜，人栖息
燃起灯，火烧着人的影子
如能听见一群野兽在相互撕咬
安详悄悄滑过，夜色拥来天明

通道里第一个人先行，第二个跟上
然后拥挤，然后再次分开
人的历史就是这样，为了
一条通道，而不知在哪里存下他的根足

茕影

烟雾在眼前奔跑　静默着
似看到阳光下呼喊者灿烂的笑容
甜甜的像红荷一样顾盼的少女
落在断垣残壁压着踉踉跄跄的马
发黄的照片在玻璃下燃着岁月的哀伤

血肉化成灰烬像影子坠入泥潭之中
很多壮实的脚被路慢慢捆缚
像被绳子拴紧了咽喉　停止了呼吸
来的注定离去　去的不过是在移动
墙上的白涂着三种心情
我望着过去，现在逃避着一个智者
深感被一群疯子关进地下室的来临

徘徊而又惆怅，我的脚步移动在
滚烫烧焦与冰雪冻结的寒冷
还有一块苍白的虚无
是人所不能解开的未知　像我的眼光
我的心灵始终在移动
永远不知道
翻着最后将最终停留在哪种轨迹
且任情移动吧
——走下去吧，孤独者

寻路的人

从漆黑一路走来　火边的人
唱歌、喝酒，为人究竟何来争论不休
天亮了，阳光剥开我的眼睛
帐篷消失无踪，好似被云朵挂上了天
几粒风沙落在凌乱的发际
满载包裹的马被黄昏的城门隔断
我提着半截绳子在城里打转
像在森林找不到出路　见不到阳光

昏黄的街灯把千种声音交汇在一起
像一脸雀斑而愁眉不展的人
楼房像猴子一样向上攀爬
我的目光在高速运转的城市里迷茫
直到疲惫，无法把二〇〇二种人的属性
凑成一类类动物，用绳子串结好
好在他们的面前作七十二变报告
颇费周折向黑沉的城市之水里扔掉了绳子
它像没有淹死的人
吐着血告诉胆小的人，它在浮游

污泥、油污、腥臭，上了霉菌的浊水
让我的眼紧紧盯着，闪着光，闪出
一个女人的秀目，温柔、美丽而梦幻

像眼前深不可测

一艘喘着声息

硕大的船像鱼跳了进去

沉没、沉没，女人的眼呀，寻路的梦

曾经的向往

鬓发飘扬的年轻人唱着歌
"我要到对岸去……"影子扑打着潮湿的墙壁
晃动的手指嘲讽数落着
我在门前站着，在一串钥匙中
忙着找唯一的那把，我想进去

隔壁的大厦倾斜地望着我
随即熄灭了灯火，我仍在黑暗中
我不知该从哪个地方进去
夜像衣服重重把我包裹
整个夜晚，河里的船不停地翻动
船上人扑通扑通地坠入水里
最后一个人叫了一声："船被钻了个洞……"

我等待天明，等待温情，天终于亮了
我在凝固中溶化了，睁开迷蒙的眼
吐着烟雾的人拿着钞票点灯
千万只手翻弄着，头顶烟雾腾腾
我两手空空，心底的一滴泪或是无价的真金
美丽的人儿站在演讲台上远离众人
所有人许诺的金项圈没套中她的云鬓
金项圈越做越大，像火车的轮子
而人越离越远，我躲在荒野里

警车碾轧着干裂的泥土，凌厉的警笛久久地回荡
警察搜遍我的全身，嘟囔怒骂着

天渐渐黑了，我的手颤动了
"我的钥匙呢？……"我大叫起来
唱歌的长发人在荒野里号哭
淹没了我无尽惶恐的鸣叫……

隐

随风儿吹向哪里
树叶的颤动　水波的涟漪
飞絮不曾停留枝头与水面
只当我从未见过人世的离合
也从未萍水相逢

石头串成的泪
心结成的冰　在眼前苍白
我听见远方的冰块在融化
春潮涌荡着欢乐的泪花
避风的巷口
三两人群成了一个身影

我不再看见　却没有忘记
一夜的翻卷扑动
迎来门外踌躇的春天
春暖大地　风和日丽
只有我一个人四处游荡
在花红柳绿中翩翩潜匿着行迹

你像这春日　像这花红
像这一去即来的清风
你都不像，你只像一种感动

让我在沸腾中慢慢溶化
千万颗珍珠缀成一盏金灯
照着我，那么多的光
像铺天盖地的石头

我不能说出心底难言的感觉
那些梦不会再回到我的身边
看不见前方　听不到呼唤
抬头回首皆是空茫的旋律
穹顶寂寥　天地辽阔
我们活过爱过　像山水绵延
像春去冬来漫雪如茔　这一世沉默不言

辞颜

当年飘扬的青丝、轻盈的身影、粉红的气韵
镜中的荒草飘浮着恍惚中的轻烟
人世的花红或是干涸
春潮涌荡着月圆
那唇齿相依的缠绵
一次销魂　一个刹那
成了永不复归的剪影
一个爱恨交织的梦

我们仍然活着，用时间去祭奠心底的波澜
仍然还有很长的路要走
用我们的脚去敲击内心的狂乱与迷醉
回望几度苍白的月色
翛翛时光落了一地冷寂的沉默
这不是我们想要的生活，这是我们眼前的生活
仍须屈服的命运，我们无言悲往

多年惦念的缠绕像呼吸之丝长长地绵延
江水淙淙　流云奔马
每次呼吸总激动着脑海中的你
如玉清晰　如白云苍狗刻骨铭心
这是活着的全部，没有意义却又众星捧月
我们整个的人生

是一片空白，闪耀过沧海一粟
怎样活着怎样呼吸
是你是执念在眼前要我走下去
我们活不成
想要的人生，就让每一次呼吸活在你的心跳里

慕寒秋

我爱秋天，最深的秋天，荒芜而又绝望

盛夏的郁葱在秋天陡然凋落

成熟与衰败　把枯黄向天空映染

草木每一次从清晨醒来

眼前都落满了苍穹洒下的泪水

我爱秋天的荒芜

充盈的成熟与悲壮的沦亡铸成无边的金黄

我爱秋天的绝望

春夏累积的繁华在秋风中一片片不舍昼夜地泯散

没有人知道我喜爱秋天的荒凉

也不知道所有的荒芜

都是灿烂之巅步入暗淡之谷而继续存在

都是我们曾付出的代价

为追寻光明再度轮回而付出的代价

没有人知道我喜爱秋天的绝望

我看着自己，看着人类至今都走在

绝望的道路，不断成熟而变得更有力量

我曾去过底层的深渊

我曾问候过卑贱的物种与无所谓的生命

我所有的祝福与愿望

在我滚热的心头多么难以启齿

我看着一切无动于衷

只有冷漠，直到我所有的话语在喉咙结冰
我手心里的温暖像石头一样枯萎

远去的秋天，金色的爱是不是也要远去
最严寒的冬天就要来临，还要走多远，还要看多久
你将带着秋天的辉煌　看到又一年的春天
我们在春暖花开中甜蜜地回味荒凉与绝望

寂寞咖啡店

落日之前，没有人，正适合思绪蔓延
飞叶触吻着橱玻璃　道别有气无力
一杯冒着热气的咖啡
像沉醉的提琴
袅绕着旁边的石竹　芬芳而又凄凉
手指轻敲，敲着愣神落了目光
咖啡渐渐冰冷
如落日扑通坠入海水
咖啡店里独坐者站起身走了出去
外面风烟呼啸而过，茫茫的黄昏在呼啸

几个季节悄然流逝，每一天他来了又去
只是坐在那里
若有所思而又失神无语
石竹花淡淡开放，他敲落着指尖
凝望新端来的咖啡寂寞地变冷
他从未喝过，别样的情感被无声吞噬
那一天他好像没有再来，店外仍呼啸着尘烟
一年半载过去了
那次落日她坐在石竹旁
要了一杯咖啡，静静呆望着，满眼含着热泪

一天又一天，她来了又去，点的咖啡从未喝过

店主告诉她有个男人也是这样，只是不知了下落

她望着窗外滚滚的尘烟："他去世了，他离去的

　　那个黄昏，呼啸而过的车辆，生命与命运呼啸而过。"

"他一直在等你吗？""他是在等这份感情。"

"你们之间发生了什么？""爱情有时候说不清，

　　纠葛与磕绊会缠结在一起，只是我们心里有爱。"

"你天天来，可他已经……""不，他还在，我只是在等他。"

风雨无阻翩翩而来她的身影

陡然严寒掩不住她的火热

滚烫的咖啡慢慢变冷　眼角干了泪痕

手指轻敲声声的牵挂

石竹花掩首哭泣

回忆在目光里流转又随着咖啡悄然凝结

外面红尘滚滚，风烟呼啸　她去了没有再来

接着过去了很多天

石竹静静地昏沉

那一杯杯热咖啡的相伴　入了它守望的晨昏

一季到来，石竹的白花又星星绽放

落日之前

店主每天端一杯新泡的咖啡

放在石竹的桌子上，两旁的座位不再赁客

"她告诉过我，有一天她忽然不能来了

　　外面呼啸的红尘也一样带去了她的命运……"

他讲述着这离奇的情事，恐怖与悲情四处蔓延

店里的顾客越来越少

直到空无一人
只有石竹青翠葱茏，成为店里唯一的景观

终于有一天，店主摘下了咖啡店的招牌
为石竹梳剪施肥
端上一杯刚冲的咖啡
回头关上店门，坐在旁边，望着咖啡热气腾腾
仿佛很长时间过去了，外面车鸣呼啸，尘烟滚滚
所有的叶子在狂风中旋舞聚拢在了一起
天黑了下来，似乎冥想了很多年，随即轻轻地叹息
第三天人们撞开他的门
太阳快落时
他倒在地上逝去，杯里的咖啡已被喝干

有人说咖啡有毒，有人说咖啡里加了毒
咖啡店门封静散
屋里只有石竹花静静生长
有一天它忽然枯萎死去，皆在预料中
外面风烟轰鸣呼啸而过，茫茫岁月在奔忙——

"一杯　一杯　又一杯
热泪加咖啡
一滴　一滴　又一滴
咖啡泪啊！爱情的泪
寂寞吞噬　看红尘憔悴
风烟呼啸　吹离别成灰
沧桑成杯　饮尽漫漫岁月
像血　像火　熬成强烈的夜的漆黑……"

悬崖

悬崖一片光秃　石土焦黄
下面是大海　翻滚着斑斓的波光
一个人来到崖顶　昏暗的天色下
他只是一个小小的黑点
他慢慢且从容地移动着
像一个魔鬼飘向一个地方
从此他消失了　在黑暗的夜色中
波涛汹涌掀起巨浪拍向
　不知名的海岸

很多年犹如一恍　悬崖依旧尊严
下面是起伏的海面　这一天阳光
明亮地拉开了悬崖峭壁的险陡
与大海幽暗可怖的深渊
很多人像一群树木久久地沉默
一束束鲜花如落叶从手上撒入大海
这一次他们痛心地看到花在海浪中淹没
琥珀色的泪珠这一次把忽视甩在
　岁月飘忽的尽头

时光的承诺

又一个春天过去，镜中的人潮湿而模糊
面容像被腐蚀地抹掉
闷热密不透风　像被不断地包裹
灵魂直被抽空，如发黄萎靡的花朵

雨季开始到来，打在我们的头顶
像打着青苔，乏味而冗长
把我们遮蔽，只让我们看到泥泞
把憧憬带进眼前的瘫痪、糜烂

你清凉的飞沫劈开眼前的迷蒙
如你轻摇破土的嫩芽、苏醒的叶瓣
带来你的歌声　欢快笼罩万物
让它们生长的意志撑开你的轨迹

阴霾面对我敞开迎接的门扉
应得的矿藏，都成泡沫之洋
世界开着玩笑
在这浮华的镜中，洋溢着招摇
辜负与亏欠暗涌在岁月的杯底

你微笑着，开朗到随性而至
不知疲倦地吹着，围绕着我们
让我们看啊，你感怀自己，却不承诺
你独自追寻，许诺的只是等待

哭泣的石像

碑里的姑娘　望着你只有一瞬
你却在此哭泣了几个世纪
看不见你流的泪
洒落在坚强的石心之中
你的面前只有一地的野花
看着你与风雨一起哭喊
花瓣飘摇　褪去你爱的色泽
人世很远，雨后越发寂静
你冲着远方的钟声独自拭泪
你在哭自己的无依无靠
还是在承担全人类隔离的悲剧

那古代的骑士驰行在我的背影里
你满目秋水伫立在寂静的呼喊中
风中写满书信，吹起号角的祈祷
你变成一棵树，变成一块石头
又被雕刻成栩如重生的你
他在我转身时，望着你为记忆哭泣
在我翻开的书上　他疾驰的马蹄
写满对你最为入骨的印记
我只能变成石头　在最有力的泪中
让遥远的你愿意为我
——解开人世间最美的谜题

寻找死亡的影子（组诗）

1. 正在燃烧的骨头

我等待　十三天后

一只乌鸦或十三只乌鸦

死亡——掉落在雪地里

燃烧　然后熄灭

正如它们的影子那样

除夕一个月后

这个日子冰雪还原成水

改变迟早要来　比如死亡

水流向过去又流向现在

我和众生一样　死不甘心

沿着那漆黑的河流

我要看看宿命的边沿

沉静死水敛起了波浪

一只又似是十三只

乌鸦的黑影掠起掠起

飞翔——飞翔，然后盘旋

我不敢睁开眼睛

任它们落在了我的头顶

我等待死亡其实是观望死亡
谁都一样有种仇恨的梦想
但谁都抓不住这个梦
正如找不到自己正在燃烧的骨头

2. 魂归永恒

不久我们都将离去
离开这个纷扰的人世
清晰的鲜血与面容
消融在石缝之中
所有的渴望扼住了喉咙
落在来世你的眼中
满腔的热情被抹去了心跳
埋入千年的雪域冰封

在一切还未到来之前
且让快乐时刻被我们呼吸
给我们以生的力量
像不断聚集能量的太阳
从容爆裂在黑夜的面前
也留下满夜的灿烂星光
然而我们不再醒来
无尽的黑暗深藏对你永恒的爱

3. 欣慰

我俯视着大地
这次苍茫　我飘如天空
在最后的盲目中
在阳光夺目的灿红
我闭上双眼时
每一滴晶莹如露水的泪珠
清渗着绿色如翡翠鲜涌
清染着花色如鲜艳的彩虹

草伸开了臂膀
花张开了嘴巴
大地在笑啊
我静静隐去飘忽了面容
我付出的汗水没浇灌成什么
我流的泪却成了万物的光荣

思想与灵魂的泗渡者（组诗）

1. 时针

火扬起海浪　神殉难而灭
时针圈起自己和土地
再圈住整个世界和存在
灭绝的死亡　天地的爆破
不能送进它冰凉而又聋瞎的唇齿
它只会前进
过去在疯人院里脱着皮的
老迈的苍榆的树心也许想起
告诉现在苍蝇、蜥蜴、蟑螂
还有许多花样姑娘的欢笑
都来在这里跳舞
前进吧，泗涌地前进——

鸡爪的腿脚拖着打着盹的眼皮
在钢筋囚笼的城堡里流淌
过去的死亡任其死亡
一磅重的泪打在时针上弹指烟灭
它旋转着圈住我随从它的驱使
当一个个的人不能再看着它
它悄然前进　驱逐着一群人

看到过死亡　知道过死亡
却不能知道它的方向是正是反
还是……不要回答
正如所有人的历史　像它那样
活下　就圈住自己再任他物所圈

2. 影子

我的心跳冲刺着黑暗前进
人不是石头　便是风
生命不知疲惫的渴望像只牙不停磨损着
玩摔下时　告诉了自己
我与一道光相撞了

我的影子像一只老乌龟犹豫地沉重
企及我的眼睛　这本书的解读
他拖着一块巨碑　翘着头发
记载着与某某喝酒聊天的荣耀
溜须拍马受到上层的器重
蓄攒着钱宁不做人，不丢一分

三十年来我是黑暗的本人
在母亲的腹中也依偎着黑暗
我想不如别之所想
黑暗中前进倒是不惹人非议
甚至像蛇一样向宫殿的宝座
金晃晃的权杖，光芒四射的红宝石

那里隐隐地靠近　燃着蛇芯的欲火

他石碑下的日记里，我看到

我要努力成为心中的自己

别人眼中的神奇

我看着他向前昂首阔步　又缓缓巡逻

我握紧自己的心　滴下血不敢叫喊

不敢贸然止步　身后拖着潮湿的汗水

我要抓住这恶毒狡猾的蛇

不狠地按住它的要害

被它咬一口，我全身会在黑暗中

爆裂地燃成灰烬

3. 人与海

清风冰爽　浪花卷起

很多年前的今日

海滩上我遇见三个人

穿着黑色的　白色的　黄色的衣服

他们说认识我就像

他们认识很多人而无人认识他们

让我吃惊像沙滩上的月亮

在夜晚睁着通红的眼睛

他们说

人在过去活着　在现在死去　在未来做梦

沙上的风　海上的花

星星的绿芽哪！生在山上的头发

船儿摇荡　像我们的心
不知道我们在哪
见不着的爱人像海在歌唱
深情的泪水像海潮涨满眼眶

今日我遇见了三个人
他们说认识我
我又会将他们忘记
变幻的风沙　变幻的海
也许我们根本从未遇见
只是他们在我的耳边悄悄地说
风生了大海　沙开了花
山上的绿芽是星星的头发
也许我从未听到过什么
只是我看见三个人在黑暗中走来
走向白昼　走向大海
走向我　走向黄昏的沙漠
今日我不再记得什么
风刮过大海　我走过沙滩

不是我的世界

盘子般洁净的明月挂在夜的顶端
点点黑暗的影子是块抹布
一遍又一遍擦拭它的尘埃
它在极乐的激荡中占尽人世的风光

我是抹布　擦立着公章的桌椅
擦油光闪闪高高翘起的皮鞋
擦油污的盘碗　擦沉甸甸的保险柜
掷地扔弃在黑暗的秽气的角落

夜的安静窒息着我们的声音
脚下的草与我们一样没有名姓
月亮上的舞台遮盖了下面的万物
掩盖了我们久久站立的尊严

没有什么要我选择离开
拿他们的毒疗众生内心的伤
夜的露水如海洛因渍入了我的肌肤
直到毫无挣扎化为氤氲
一个又一个牢牢垫固夜的地基
托着金的银的在上面唱着京剧拖腔传颂

把自信魔术般变幻

我是夜晚的抹布
我是被弃的抹布

我的夜没有结尾

1

天黑了，雨一声声低低地呼唤
你躺在床上睁着眼睛　越过人们的梦

窗外，春天在雨点中膨胀
而我感觉它们就要远去

飞机在耳廓里久久地轰鸣
天明时，你的门前静放着殷红的玫瑰

2

绵绵的春雨像酒　像你的手
在易醉的肌肤抚过烫热的轻触

夜色掩盖了我的视线
我的眼睛在屋里亮起烛光

湿淋淋的溽热如花草在田野蔓延
我的思绪如河流卷起银色的漩涡

3

猫整夜呼号　在莫名的角落
地底的绿色如锅里的水在鼓动

世界很孤独　它在生长　却无人理解
在四季的枯荣中被徒劳地幻灭

你在我的掌心对我说：你很迷茫
我是世界的一部分，而世界是你的，我只能这样

4

我抚摸着你说话的温度
恰如我的心在你的血液里

你看不见我，我也看不见你
这个细雨轻柔的夜把所有的秘密掩盖

你挥动着手，慢慢雨停了天也明了
黄昏降落，我们也永远抓不住一丁点春色

5

我的灵魂是水池幽幽的涟漪
你睡下时，就长出了漫天的浮萍

我那样赤裸，一览无余如举起的酒杯
你在酒气中迅速溶解，在雨中荡漾

烟雾模糊不清又渐渐飘散
寂静的欢乐，我们紧咬着时间的肩膀一声不吭

6

我的心如欲出的太阳在海面摇晃挣扎
书一本本翻开，雨与世界静默无声

书页的白边写满了我们的名字
天就要亮了，好像翻过一座山　面对曙光

我看到很多的作者都成了逝者
你伸着睡醒的懒腰，目光越过了窗棂与天空

我对着灯光　对着你越去越远的面容说话
夜拖着离去的背影，你站在我黯淡的眼睛里无言相告

第五辑

心灵的小屋

你的明眸

画中人，没有表情而沉默
而你的眼睛会说话
我总是感动你的珠光流动
美丽照亮了我颓败的面容
而陶醉你光彩照人的亮睛一瞥

你的唇无声　而每每曼言轻冷
柔情蜜语　缱绻迷离
如从花园吹来
最温馨宜人的香麝
我明白你是奥菲士的再生
我倍感欢欣，好害怕
去触碰你的眼睛
直到它嬉笑　落泪
淋湿我朝拜的干裂之路
使你兴奋或为我的心欢歌

你能闭上眼睛而呢喃
将我的目光融化
将我的一切放在你的唇上
如风拂过　而化作无物
直到你的眼神

你那最崇高的身段
让我知道朝圣的灵魂
把我放在信仰之海的岸边

初见圆月

花儿屏住呼吸　静悄悄地开放
渐暗的天色涌来狂喜的潮水
树叶鸦雀无声　听着歌昏昏欲睡
红色的小鹿在昏暗的键盘上闪动

天完全黑了下来
抖搂出一轮蓝色的圆月
像烧着的面孔一样强烈
我摸着你的纤指
疯狂的圆月在头顶旋转

我的血流进了你的脉搏
你已不再是你　与我根足相连
蓝色的圆月倏然一阵颤动
我仿佛被电撕裂成两半
你站起身　像蓝色的圆月
恍惚中，我看到你微笑着的背影

雪夜寂语

思念让泪水在杯中蓄积
酿成酒　无味而苦涩
为了相逢后的别离
饮尽宿醉　望断天涯

我们知道死时的脆弱
岁月是一堆被搬来搬去的
木头　我们敢于疯狂地笑
在一切灰烬中留下残破的誓言

如果注定有一天风吹乱了
我们的头发　我与落叶孤独地哀伤
回忆焚烧着　乌烟染得我焦黑
像炭在夜的炉中燃烧
增添御寒的温暖
直到我们在雪中无声地熄灭　消失

镜中的烟云

夜为我铺好了洁白的毛毯
蓝色的芳香浸入每个细胞而入迷
滑过的安息被撞击声敲裂开来
我像一只开始奔跑的鹿　兴奋　焦躁
在夜色里充满期待　或缓缓燃烧
向无尽的原野　向绵绵的黑夜
你跟在我的身边　冲我大声叫喊

一路丢弃的东西被你不断拾起
我望着如水的平静　望着
被你溅起的水花　你的面孔在水中扭曲
你不停地撞击　如你不停勒紧的绳索
安详的田园在夜风的盘旋下倾覆沉沦
我记得美丽的面容　瞬间的陶醉
被你撕得粉碎　在脑海里纷纷荡漾

让我吃惊的不是繁杂的拥有
而是你膨胀的心　贪婪的诉求
我站在镜前　在蓦地撞击中
我看清了你的脸　是我，是另一个一样的我
坦然地沉默　镜子被撞击得粉碎
我合上了双眼　听着黑暗里你心碎的冲撞
你嘶喊着光明　我不愿醒来如梦飞翔

镜中的爱情

你冷却的眼神　让我寒噤
镜中的你镇住泛动的涟漪
你坐在那儿　高高束起的马尾
蹿动平时洋溢信心的脸颊
你缓缓解下了头发
像感受河流冲洗去内心的痕迹
一览无余在平静的镜中闪过
你平淡的眼睛　隐隐中被洞穿

暮色愁云般盘结在头顶
爱亦如白昼莫名地消逝吗
窗里的身影摇晃着在说："不。"
茫然走在夜色里　被路绊缚

黑暗亦像人一般遮遮掩掩
由你选择　世界在哪里安睡
让我记得你曾经闪烁的眼睛
在选择来临之前　选择了我溶化的心

尘缘

又是一次相聚
空气中的花朵静静等待着开放
手脚在你的气息中麻木慌张
怦怦乱跳的心
把所有熔化的力与焦烤的火
从我的眼注入你的眼眸
我们凝视着
像夜色渐渐落入湖水之中

像太阳骤然升起
像一群白鹭突然起飞
像无数双眼睛刺人地紧盯
满脸的神经紧紧挤在一起
一条条审判的声音
堵住了自由与永恒的信念
我紧紧捏着那张有罪的判决
在你的目光中又是一次分离

爱之遗

秋风打着窗户　板着面孔
吹着热情也渐渐冷却
人被黑夜孤独地分割
偶尔相视的眼神透着遥远

我想说　镜子如秋风一样冷淡
所有人准备转身扭过头去
让它成为死亡的忌讳
或转变成僧人的戒念

我不断把心葬在尘世的砖底
让走来走去的脚
一声声叩问　是否安静
是否在挤压下如灰尘萎缩

伸开双臂与世界一起周旋
醉酒或沉睡　神经却如涌起的潮水
围向一个没有看清的人
醒来是火的影　你在我心里猛烈燃烧

碎爱

雪不远了　在天边伸着懒腰
草枯黄羸弱，难以站直身子
像很多老人躺在床上　白发凌乱
我也记得熟悉的面孔　一年一年
揪着心那么紧　汗水粘住了背影
你画在身影中被不断漂浮、下沉

遗忘如在经受孵化　鼓动的声音
在泥地、树枝、气息与血液中
春在四处招摇　在耳边提醒
我不敢答应　而沉默中并没有梦
细致无声　春天遍及每一个角落
我记得这是眷顾　却不敢痛快放下赌注

我害怕这个时节　煽着火热的话
绚烂的花　浪漫的夜　火红的裙舞
而爱已如冰棍　封住我的心窝
没有言语　用一切证明彼此的陌生
心是真的，而泪已为感动付出了
我们得到了解脱　秋来时把我们放在了门外

目光中的微笑

当我看到你，是笑的
当我想起你，是甜的
心与心每一次的相连因微笑
而碰撞出一抹天上虹

微笑是心灵盛开的鲜花
上天的垂怜洒下你满脸的雨露
这是喜到极致的幸福
因为你的微笑而让苍穹动容
海浪激荡　大地震颤
心灵的闪光足以倾倒山河与万物

我一直追寻，并没有走出重重的迷途
布满伤痕的抗争，如一丝萤火在天际暗淡
生与幸福的礼物，是梦吧
活着怜惜我的，只有一直在路上的理想
我最珍贵的拥有，便是你的笑容
与我的笑容相映着刹那间造就了最美的梦

尘世的爱恨，不属于我
我也不属于美丽世界的眷顾
不屈与反抗从曾经一直走到岁月的黄昏
在坎坷的长路，我看到黑暗中痛苦的身影

而最莹亮如星，是你的笑容
在我的头顶，在未知的远方，那灿烂的国度

这是爱的模样吗
这并不只是爱情的样子呀
笑容的光芒是至交无价的明珠
沧桑的双手在闪光中充满了活力与朝气
心魂的交融才盛放着心上的花
在风尘中笑，晦暗之处皆有闪光

你看着我，是在笑的
我看着你，是甜在心的
头顶的天空与脚下的大地簇拥着我们转动
浩瀚与博大微笑着，绽放着更强的力量
这是爱的根源
心潮翻涌的泪是最动人的笑

爱之囚

我没有看到你，却又似乎每次看到你
伫立在柜台前
青丝上颤动的蝴蝶夹　洒满明丽的气息
你越来越美的面容，如芍药娇媚而生辉
每一次难以多看几眼
我什么都没有看到，一瞥尽是你最独特的眉目

我看到了你，却只有一片空白
匆匆相逢，又匆匆分离
时间里掠过的是匆匆的影子
留给我一个人的时间是空空的落寞
直到没有后来
在没有相逢与别离中，生命孤独地失明

生活浑噩如迷，忙碌昏乱如麻
总感觉你在这儿你在那儿
站在大厅里，走在人行道上
你在我的恍惚中静静地微笑　或是开放
一朵满含笑靥的花在幽幽中绽放、凝望
我梦到了你
我带着惊奇在心里呼喊着，直到慢慢醒来

晃晃的白光在长长的路途上闪耀

醉意的幻影在沉睡的峰峦踉跄地攀行
你是我的一个梦，而我不敢告诉你
困惑与痛苦将我裹成厚厚的茧
我尽情地梦吧
我宁愿不再破茧而拥有新的生命

请原谅我最深情的表达

千万年翻滚的尘世，望不尽天与地的空茫
每一天我活着，别人活着，万物活着
多年后很多人已不在，生命继续，继续死去
人与人并肩而行，人心遥远如星
温暖的色泽在大地苍白，我们将走向哪里
每一寸土地堆砌着利益
每个生物都标注着价钱
无休无止的争斗在我们的摇篮里飘荡着血腥

不管何时，请原谅我最深情的表达
我的火热我的疯狂只为唤起人们心底的善良与温情
大地上万千最痛心的波澜，翻覆在我们的世界
我们麻木如桩，慢慢不能行走，失去人的一切
请原谅我最深情地向这个世界倾诉
我们在这儿活着，在这儿死去，且永无来生
苍穹的泪水洒成了大海　大地的呼唤凝成了星星
因为爱与生命，值得一往情深

我一直款款地倾诉，我知道你想给我一个嘴巴子
我如火的沸腾，让你愤恨
脉搏里奔流的热血，我从无不安与懊悔
在昏暗的岁月　在暴虐的环境
我坚持过公正与真理，我所有的反抗

都像单薄的鸟儿遭到了囚禁，遭到了践踏

亘古的红尘，多少被撕裂的青春像花瓣重新开放

多少被损害的生命像新芽破土吐绿

我不停地问，时光、世界在暗淡中枯黄

我该得到的，已如埃尘

风中充满了我的失去，而渐远去

那些难眠的痛苦在深埋中挣扎、呜咽

时间的天空徘徊着冤屈的阴影

而我从未悔恨，我头顶的光高举着做人的信心

我对万物只有深爱　直至细致入微

我们心中的神，不灭的信念

被这份爱簇拥着最亮的火焰　汲取着最伟大的力量

一百年转瞬即逝，我所有的表达随流水奔向远方

长江　太平洋　亚马孙河　大西洋　尼罗河

水流所至，皆留下我澎湃的叹息

所有江河流经的地域，以及后世念桥的人们

不管何时，请原谅我最深情的表达

我相信心底的善如甘霖　滋生着繁花皆是的绿洲

那些不竭的呼唤　激起你们苏醒的热忱

你们亦如昆仑、九华、阿空加瓜、厄尔布鲁士、

　乞力马扎罗一样巍巍与壮阔

我匍匐于地的深情，让你们如同帝王高耸入云端

念祭

你常常一个人坐在房间里
开着的窗户像你双手抱在胸前
满屋的光亮被你闭着的眼睛拉入漆黑
那从未响过的电话布满尘埃
那从未举起的酒杯悄悄碎裂

你可以等到存在与消逝的结果，但等不到
一个人敲门的声响
一个人敞开心扉的问候
你幽幽地说，等不到你，却等到了梦
虚无只能找梦代替，无奈地痛心、绝望

尘埃在滚滚光阴中下落
你的身体在慢慢消失，你紧捂着满手的时光
你说尘埃会开出花朵来
满世界的尘埃会变成雪花　变成蓓蕾
绝望与希望让这个世界在不停的毁灭中醒过面容

你悄悄远去，孤独是你朝圣的路程
你的爱有多深　谁像你用心去承受满世界的尘埃

影子恋人

夜光似鱼鳞闪动着，夜似海呀海似夜
他的头发在夜色里变得银白
夜深了，他坐在椅子上
朦胧的路灯饱饮着寒夜　醉得昏沉

一年又一年，二十载过去了
等待是荒谬的
逐渐苍老的夜，经过白日煎熬的夜
他心里最鲜活最美丽的生命
并没有来，天明的阳光与花朵是惨淡的星群

在他的眼中凄凉地焚烧，如断了
引擎的飞行物
在青绿葱茏的菜园坠毁
你欲言又止，很多话放在焦煳的心田
那飞来飞去的梦境成了满地烧焦的果子

你独自一人坐着，你两手空空
头顶的路灯流淌着醉意，像一张张枯黄的照片
沉默是最好的安排
爱终究已不会存在，最美这无期的等待
夜色如海的夜里，你满头的银发闪着一生的祭奠

心摩

疲惫的路向前没有终点
清凉的风像不断拉长的身影
明天会来却仍是等待
像荒草长在我的眼中却不会吐绿
闭上眼睛　只有你的手
悄悄如星光把坎坷的身体抚平

黑暗的街头，夜敞开如渊大嘴
悄无声息，皆倾听它的歌声
挣扎只是依旧摸索
接着总会想起手的触摸
你的手像不断点燃的火柴
让这个世界升起满天烛光

溢满的酒杯被晨光击得粉碎
欢歌笑语如鸟儿迎着光芒起飞
多少梦醒依旧两手空空
洁白的云朵升起在悠悠的头顶
像你的手美丽而又温柔
轻轻堵住我满腔的愤懑

魅幻

当我看着天空
闪耀的光芒像你的手
落在我的眼里
予木柴以火的抚摸

带着焦烤的陶醉
在夜的怀里　你的手
如浓浓的黑围绕在我的身上
像水浸入贝壳的心中

萦萦绕绕的情愫渐生疲惫
我向窗外望去
树木野草敞开怀抱
像你的手向我呼唤

像鱼对网　像人对墙
难以走出，无法逃出生天
闭上眼——你的手在我脑海荡漾
我逃避在赤裸的路上
站在路口，几条分开的岔路
像你的手在我的眼前伸开
让我无法逃出你的手心
多么迷人的手，又像是妖魔

每一天我都想对你说

其实每一天我都想对你说　清晨来了

把每一片阳光　每一缕花香

放在早餐桌上洁白的牛奶里

你一饮而尽，长舒出满是我心花怒放的颜色

看着你把洗好的衣服晾在阳台上

每一阵轻风摇着你浏亮的发丝

替我在你的耳边细语，说着美好一天的开始

手牵着手打开大门——永远地新生

其实每一天我都想对你说　午后朦胧

把每一份慵懒　每一份温煦

洒在你洗的碗碟乒乓响的厨房里

你的身影向静谧的窗外，像云一样朦胧地漫游

然后你坐在椅子上打盹

柔和的光线与蜷缩的小猫落在你的脚边

我想对你说，我也想靠在你的身边，每一个下午的时光

手握着你的手——永远地沉沦

其实每一天我都想对你说　夜晚降临

把每一片月色　每一阵清风

送进你窗里昏黄的灯光里

你如梦的目光望着夜色像流水一样滔滔地蔓延

你躺在床上，星光在你的额头上停泊

你闭上眼睛，黑夜亲抚着曾走过的漫漫长路
我多想一个人行走在一条路上，一直抵达你的梦
手合着你的手——永远地朝暮

心路

暮秋在不远处寒冬将临时，已然死气沉沉
萧瑟的尽处、冬的尽头是甘甜的暖
痛苦的黑夜在黎明时翻腾
而我不敢对你说
我大而坚忍的爱啊

我不断地靠近你，紧跟着你
看着你的背影一会儿模糊又一会儿清晰
我一直小声咕哝着
而你从未听见
我想告诉你没有来生与崭新的明天

不管怎样，如果可以拥抱你
我的手臂更紧地抱紧你
告诉活着的每一天
我们是如此不愿分离
尽管从未确定这份爱与否定这份缘

你永远不会知道
在一千条艰险的路上
我选择了一条永无归途的爱
我们可以看着彼此活下去
却无能再看着彼此死去

我们终将走上不同的道路
每一个灵魂最孤独的幽径
无限博大的爱
都将变成没有尽头的寂寞
无条件地承受，是此心从未遗忘

星空照我心

思秋已远，寒彻的天空孤而高冷
我会怎样想你，在冷冽的冬夜
你的眼睛像星空
在夜空凝望
把心捧向我，与无尽的话语
不管怎样，爱是爱
是最贵重的礼物
超越时空，把死变成了生

我会怎样爱你　我的目光所及
你的指尖像星星
在黑夜中燃烧
用灵魂触及，以吻黏合
你在穹顶举着闪光的蜡炬
用最高贵最神圣的姿态
在浩瀚的苍穹翩翩而来
倾世之爱啊！多么崇高的渺小

我看着想着，你是这充满爱的冬夜
你是一颗又一颗星星
你不断衍生，不断在银河流淌
一万个你在夜空闪烁
一万颗星星变成光明

又变成眼泪

把你的火扔到我的心头

让我燃烧，在你炽热的爱中化成灰烬

把你的泪水洒到我的脸上

让我看清，再仔细看清，你为爱而殉亡的生命

星星，你在天上，你在我的心头

你变成火，又变成泪

消失的你将去向哪里

你最后的目光将看向哪里

你最后的爱将归向何方

让我再活一万年

夜夜目送你远去的身影把你的

烈火与眼泪

一遍遍抹在我的身上

有一种爱，是痛不欲生

有一种生死，你是我万劫的归

鲜血玫瑰

人生的路上洒满了灰暗的痛苦
无论走向哪里
痛紧紧跟随，苦总在眼前
路边的花园开满了玫瑰
轻轻采一朵玫瑰
用它的尖刺插入血管
鲜红的血液洒满了路上
像一朵又一朵鲜艳的花
在人生的路上开放

充满艰辛的路上开遍美丽的鲜花
前方赴汤蹈火的期冀幻灭
前方尝尽所有苦楚的人死去
这一路浪漫至死
浪漫永不低头
恶之花上绽放顾盼生辉的崇高

我们痛苦的心走在一起
人类所有的痛苦　都一脉相传
比血浓　比江河更长
你的幸福只属于你自己
你的痛苦却不是你一人
去采摘一朵玫瑰吧

殷红的苦难的爱之花

献给每一个人

就当每一个人去采摘献给你

人类所有的经历与沧桑融合在一起

这是最柔情的和解

最浪漫的悲喜

这一路　有你我　有风雨凛冽

浪漫与痛苦　迎风飘扬

而我们活得高贵　我们宁愿苦难与唯美

每一个人浪漫至死

每一个人用鲜血把玫瑰染红

我爱你

其实每一天我都想对你说　　你走在夕阳中

在你坐着洗衣　天已完全黑了

你将把一天的劳累放一边　躺在床上

我还想对你说，说成你梦里的光，温暖与明亮

在你醒来的困倦中，在白雾笼罩着一切

在你拖地做饭忙碌的背影里

我一直都在说，说成你璀璨如星而迷人

你是黎明最靓的花一朵

扫去阴霾，你在朗朗天地中，满面春风

我仍将不眠不歇，一直想对你说

简洁而又古老，像水柔而又像火热

绵绵不绝的歌　熊熊沸腾的舞

举起这人世间最甜的蜜　最烈的酒

我们生我们死我们永恒地殉道与极乐

每一次短暂的倾诉　每一次漫长的拥有

蚕丝无尽红烛热泪奔赴朝圣之灵

每一次最想看到你侧耳倾听　或是凝神贯注

像垂柳偎着波心　像明月靠着楼亭

在狂风吹来　苍雪冰封

我仍然倾吐如时光长流　等春花开遍了山岗

夏雨滋润了万物　那淅淅沥沥的私语倾倒了世界

你躺在我的怀里　一起看绚烂的繁花
星夜点亮宇宙所有的瑰丽与情事
照着我们的梦破茧在无尽的卿卿中
——飞向怒火或天上宫阙

直到世界末日的爱情之谜（组诗）

1. 情人

不要怕，熄灭所有的灯
让我们在黑暗之中　夜的怀里
谈话欢笑，甚至叹息
如荒草中的蟋蟀在秋暮中鸣唱

我们谈论日常生活　烦躁如
此时火一样的心渴望着蹦跳出来
说着艺术　不断添着炉柴烧着激动
它是火线　或是通向另一地的门

不知是谁不小心触及了爱
我们赞颂起了夜　一切喧嚣迷离
被夜溶解　哪怕它平静可以死亡
也没谁愿意活着清楚地面对

记住夜——此夜，我们永不再醒来
多少睁开的眼睛终依附光明
夜幕被赤裸地拉开　裸身相拥的人
成群的观众叫着戏演得如此逼真

2. 雪中誓言

寒气一道道把身体束缚
发紫的脸在黯淡的空气中盛开
翻着长信　看了又看
痕迹垂成秀发在唇边偎如幽兰

窗外肃穆　雪已在蓄谋
街头的那条路我们一次次重复
光秃的枝头像答案没来得及掩盖
恐慌更甚于人们把整个夜晚啃碎

雪下到天亮　把一切粉得洁白
包括我们的足迹也洗刷干净
我走在雪上　一遍又一遍在这路上
整个下午　我唤着你的名字伴着脚步

十二月　你偎在炉边　火把你包围
你想了又想　春天在另一个地方
雪上密麻的脚印在梦中融化
我们用一生回忆　是一路的空白

3. 末日爱如谜

黄昏的路上　我与落叶缓缓地飘摇
却不敢靠近眼前的粉红小屋

你一再强调距离能产生和解
像那叶子的下落
远远观望　生死皆为安然

我走进牌画上赤裸性感女人的怀中
安稳地坐在你的身边　喝着牛奶
散着醇香，浓郁而甘甜
像我们第一次拥抱
没有言语　望着蜡烛点亮整个夜空的灯盏

石块磕疼了脚　我战栗地回过神来
牌画中的女人像更像是梦
像微岚一样幽远，像花影一样贴近
你稳重地保持我们洁白的梦
不去惊动，不去触摸
让我们永不苏醒地沉醉

你在幻中，又似在触手可及的心田
你呀，一直紧紧追随在我的时光中
每一次转身，你遽然藏匿
白发的人怎去找那画中艳丽的你

叶子像雨一样飘落　带着蜜意
落在我的身上　沾在我的脸庞
摇着我彷徨而又彷徨
春雨过后　新芽从地里蹿上了半空
我如橘皮般橙黄被绿意醒目捧起

牌画在不远处色迹剥落　面目全非
你清淡的身影在眼前摇晃
让我追逐　让我一探究竟
直到那粉红小屋坍塌在我的面前
在下面你被埋葬　腐烂了所有的气息
仿佛你永远消失了
把我关于这个世界的全部带走
这份神往比死更坚强，更有力量

善的和解，平静得像苍白的雪地
不再有梦，亦没有稍作叹息的水面
相视死亡来告知承诺的虚无
我们早已腐烂了，在消失的黑暗之中
浑身腐臭的蛆蝇，爬满
难道这是善的忍受馈赠我们的礼品

这是什么样的爱把恶与苦难当作隐匿的幸福
在摧毁一切时，我们超越了爱情
把生死与虚无踩在我们的脚底
我们有爱
是深深的同情伴随我们一去不复返

偷心

你在那里　跳着舞
轻柔、旋转、用力
你忘记了是在一间屋子里
只有你的步履与舒展的手臂
你忘记了屋外有一双眼睛
含着火焰在那里静静燃烧

他一字不落地记下你说过的话
默诵时总听到你在耳边重复
你路过他的门口　他总在那儿
一年一年，你如时间任一切愀然作色

他悄悄地看着你　看着一个人的舞蹈
像偷看灯下羞涩的新娘
而不敢走近　惊叫、诧异
告诉她这是他的禁地
你看吧，让心与她一起翻滚
让你的幸福随灯灭深深潜入
你有了爱情　心似刚刚发育
是你一个人的　让她为你一个人起舞
让她在你的视线中最为夺目
你赞美、喝彩　如星光穿透黑夜
她甜甜地睡在别人的怀里

心灵的小屋

我怀念　比山更遥远的山那边
马去不了的树林之外的荒郊
一座木屋在那里　低着头关上窗户
属于我一个人，它只属于我
骄阳落在身旁的灌木丛里作巢
蛐蛐的乐队爬满了床底唱得响亮

人世的潮水退去再退到另一个世界
在这里，像一个孩子哇哇天真地流泪
哭，向往都有了平静的结束
点起蜡烛　昏黄消融了群星的喧嚷
炎热与寒冷都变成了宁静的温暖
像晚霞在天河擦亮着春红的明镜

林荫道的身影在纸上沙沙直响
写想你写爱你　因为不知道你的名字
那个早晨，绒绒的白雪铺满了大地
像写给你的书信　却找不到地址
层层堆积，满屋子白散着晶莹的甜蜜
像童话被亮晶晶的眼睛照成生活的梦境

很多年过去了，没有人敲开我的小屋
佝偻的身子在世外摇摇欲坠地打盹

这里没有死亡，爱的小屋绿苔般年轻
火光，情歌，月见草的芬芳在双唇间飘扬
就这样世界在我的小木屋边失去了消息
我在修长的手指间品读你心灵的语言

第七个梦

晨曦漫过消沉的黑夜
睁开落满灰尘的眼睛
古老的钟无力摇曳
几许阳光透过窗棂

纤柔的指轻轻去伸
撷取了满满一手
我端详仔细地辨认
那似曾相识的几缕

醉酒的太阳
迈过移转的田野
轻烟时隐时现
——我看到了你
如火红的栎树叶
在风中张望而又幽泣

风信子的忧伤
熏迷了荒芜的城
白鹿倏忽闪过
——你在挥手
那弯明月紧贴着我的唇
糖在溶化　呼吸在抽动

飞鸟啼啭不出最后的音符
它们飞不出目光的视线
与手指难以落定地轻敲
——你猛然向我奔来
玫瑰色的晚霞升入了暮霭
第七个梦剥开床上赤裸的灵魂

身影里的魔咒

雪一直铺到你那里
我一步步地敲击　如黄昏落下
所有的足迹如说过的话语
在空气中洗去　在脑中贴满白纸

你看到的不是我的面孔
是一幅呆板的素描
没有密码只有杂乱的线条
像一场雨啪啪地摔碎

你看我的眼睛没有那么亮
像清晨的雾挡住丛林
你不敢深入地走下去
呜咽声会惊扰你平静的生活

你看水　水那么深
纠缠的水草紧紧挡住自己的头
你看头顶　天空苍白空洞
你深望的星坠落在海底

你望着镜中的你　望去一生
在你的身后　我如你隐没的记忆
你打开那些发黄的我送的书
我在每字每句中屏住呼吸

我将如何剥开自己的心灵

光已由零度煨成一湖温水
柔柔罩下，卸去雪痕洒满醇香
我尽情张开　细胞贪婪地吮吸
清爽如苏醒的灵魂　旋转着沉醉

在那个秋夜，一轮皓月让人窒息
怡美如喷泉清亮地倾下
又似是蓝色的羽毛轻轻飞扬
你躺在我的怀中，大地一片静寂
万物一步步如我们相拥、合拢
如那叶子慢慢萎缩、卷起、凝聚
随着寒冷姗姗走过　在某时醒来

结冻的河水　窜动的绿叶　还有大地下
千万个如手指在伸展的力量
春光解开被缚的神经与满身的包裹
从胸腔里千丝万缕地张开
你生长在我的心里　我昏昏欲睡
那个秋夜羞涩的你　亲昵、低吟
我的心不停地跳动，抱着你跳跃
如一枚叶子一片白云在春光中膨胀
我害怕结果　如有一个永久的证明
宁愿绝美的春秋
——不曾流过我们焦渴的双唇

你穿越我的灵魂

你把力量在白天漂浮每个角落
在你疲惫时也不停歇不安地骚动
把呼唤插在每一零星的泥土
像水不停浇灌出层层绿芽的饥饿

醉意的夜晚你踏着粼粼星光
抚动一草一木被吞没的灵魂
万物裸露感受母亲分娩的悸动
像乳汁把大地堆成雪团痴狂闪烁

富有的卑贱的，你一样没有放弃
混浊中沉睡却迎来神的叩门
你把你放在另一个身上　让死去的
借助你的体温　如大海睁开万双眼睛

额前心跳　你如佛光充满关注
犹如先辈在绵绵呜咽
把盼望如树荫遮蔽我生活的点点滴滴
而你是针线　缝遍我生命中的漏洞

灿烂时辰与美丽人生（组诗）

1. 节日

我害怕黄昏，就像看着苹果放置得褪了颜色
而无从下口　饭店的油烟如倾倒的墨汁弥漫而来
五点半，邮递员如急匆匆的水鸟转身不见
我捧着你的信　忐忑的天色在窗外匍匐下沉
静止的生活像一杯水呆愣而无望
火焰与心跳凝固在了冰冷的石缝里
那些欣喜的刻骨的记忆在血管里悄悄流逝
此刻我紧抓着一纸了了的痕迹

如沙滩般空白，却又如贝壳般沉默无言
我看到了，却又什么都没有看到，仿佛
从遥远的岛屿与岁月带来寂静中徘徊的讯息
黑夜与白昼在头顶闪耀，我用这朝圣的心去默诵
古铜色的海水在眼前起伏，那点点飘忽的鸟影
将我淹没在鲜红的血液里
我的心开始复苏　像日出时照耀着万道金光

潮汐的轻嘘柔弦，像你不可言说的话语
从另一个隔绝的世界带来你翩翩的身影
在沾着冰露与雪花的黑暗世界　手上的声息在上升

满天的星星停泊在我的怀抱之中，如一盆猩红的炭火
为我庆祝，为一个个这样的日子写上你的名字
我坦然把黄昏拉进怀里，招呼黑夜、噩梦进门来
你们举着最芬芳的花朵
不逊于燃烧着万朵火焰的灿烂春夏

2. 十二月·遇见

冬雪降临　你银白的身影袅袅飘动
在一棵棵挺直的枯树上，你是闪烁的蓝
哪怕短短的一个眼神，我就融化了，碧绿的潭水
从眼里汩汩流动，层层的绿在身上长出

微笑，轻轻地微笑，像蜻蜓触及了夏日的湖面
波澜很快消失，只在心中荡漾
我们悄悄走近　我们的世界下着雨下着雪
而我寻找这个月底最浓重的感叹

最靠近你的一刹那，我们停住了脚步
仿佛到了这个月最后的一天　明天新年新日
像你明亮的忧郁的眼睛　像露水挂在枝头
我不敢触碰　像愿望送向天空

我跟着你走，我害怕把这个月一下子走完
下着雨下着雪，慢腾腾的脚步携着缓缓的风
阳光在心里紧紧拉近我们冻得哆嗦的身躯
杜鹃　金盏　鸟语花香，还有梦在歌唱

第六辑

尘土的等待（写给父亲）

山中祭父

夏砾山慢慢近了，满山幽灵的气息
或远或近地隐现
幽幽喘噎的声息在山石里响动
祖辈、乡邻、熟知的故人在迷蒙的空气中浮现
几十年几百年，你们什么话都不说
后人向着蒙蒙山峦千百次地问询
"你们还好吗？"
而你们再痛苦也只有空荡的沉默

零星的鸟儿在半空扑簌簌地飞过
水塘里的微波睁开困倦的眼帘又沉重地合上
我还是会想起那双模糊的眼睛
眦裂欲穿地望着门外
坠入深渊时，你在等着亲人快些归来
最后一面　尘土之于隔世，诀别之于此生

山路崎岖坎坷　走来跌跌撞撞如风中摇晃的蒿草
近前只有一堆黄土　呜咽挣扎又无声无息
那双苦苦凝望着的枯涩的泪眼
坠落在冰寒的地底何处？或已随青烟葬于空无
微风吹动，清晨的光推开了窗棂沉睡的眼睑
我梦中弥漫而来的
全是父亲的眼神　原来死比生更逼真更触动灵魂

二十年后

我站在生之边缘　用心用目光伸向你
而照片的底里是漫漫深渊
每一天　我向灵魂栖息之地用炽热的心呼唤
而你的影踪只是波纹下无尽的虚幻
我想起了灰烬与青烟　便想起了你
仍然觉得你还在　你仍在了无痕迹中静静凝望着

悲苦霜染的英年　在寒雨冷水中仓皇逝去
让深爱你的孩子怨天怨地
仇恨命运与愤懑社会
如冰冻结的心　露着灰暗中的冷酷
你一眨一眨地凝望着　望着门外
望着忽远忽近的我
你内心倾泻　随光线旋转，或绽成闪光的星点
洒在我的身上，焕发出温暖的色泽

我复苏的身体里　隐约的花火慢慢燃亮而起
我不再寒冷刺骨　横眉唾弃这薄凉的尘世
你越来越暖　给了我光
用飞翔的羽翼去拥抱去给予
每一次我双手合十　向你祈祷着
我已别无所求，再无祷告让你赐予
安富尊荣　与拥有一切

我只合目站在你的面前　眼里是你枯槁的面容
还有相伴二十余载　你洒在我身上的汗与泪
我满含着想念　用我心里你种下的闪亮的爱
用我怀藏着的整个人间的苦与痛
向你不停念叨着　千万遍祝愿中
不停吐出
最深沉最爱浓的两个词："父亲""安息"

最后的面容

像腌干的鱼尴尬地挂在墙上
如缀在树枝上的蝉蜕一样木然
空洞潜出的精灵叫醒了整个夏季
隐现着生前的风光　与死后的梦境

淡漠的眼瞳扛着奔拉的眼皮
乘空望着使你疲惫的人世
眷恋着生活，又不得不去适应死亡
再残酷的去处也须残酷地打开

你站在相框的界线　界线在肉体
生死各半，身后是慢慢诡秘
每次观望在地狱的门口　把你的
姓名、尊称泰然吐出　某年某月某日
不是终止，而是延续，相聚不离
你透过相框感受着连在一起的生活

面对你　面对你身后如壁封锁的隐蔽
如你一半浮在水下　让人猜想体会
走完人世，身后又一番开垦死亡
翻开隐秘的荒芜　面对你面对死亡
向死而生，你依然活在我们中间
生活过，追寻的是活着　哪怕是另一种
在黑暗的黑土地上点燃种下的种子

跟随我一生的痛

一切都如此容易破碎
可别碰　这些依然明亮的碗
你往日捧起，把菜放在我们的碗里
我嚼着嚼着，岁月在齿缝间落成粉末
这些纹花瓷碗无意间少了又少

板凳依然倔强　只是上了些斑迹
你蹲在上面望着四面洪水　守了一夜又一夜
你离去时没道声别，它也故作沉默
面对着我，没有询问离去的归期
我总觉得你有时仍然坐在它的上面

橱镜里已找不到往日的神采
你走来走去的身影藏到了玻璃后面
甚至在墙壁间，不，在整个房子里
哪个角落无不留下你清晰的印记
不必证明什么，就当是抓住你的手

每当高兴，接着急刹住，就想到了你
像面前躺着的人　抽搐、奄奄一息
醉或是梦，你在愉悦中突然闪出
浓浓如酒　让我更醉地瘫软迷蒙
幸福千万种，我情愿活在痛苦之中

我害怕一切失去你的痕迹
害怕我成为乞丐、盲人与孤儿
而把你有一丁点儿遗忘
我害怕我将到哪里去，不是天堂又不是地狱
还有哪里？我忘了你的叮嘱

祈祷日

黑夜里苍穹的泪水洒满了大地
等待黎明的光照抚平人间的创伤
人是至尊，是我心中的神
驾着太阳之轮的始终是人

轻风回荡着父亲的声息
告诉我生命仍随着火运行
我在泪珠中睁开了眼睛
镜中是你微笑的画面

父亲的脸在无数个人的身影中
向我靠近唤着我的乳名
在我凝视的眼瞳里迟迟未来的
父亲的身躯映在了天地的光影之中

我如波涛的呼唤，拍着月亮的摇篮
像风雪使草人成了白胡子老头　人们在笑了
春阳烧着水，在给草人儿洗澡了，你在笑吧
是你笑的吧，我听见了，我亲爱的父亲

生死未了情

你死的影子落在了
夜以继日枯燥疲惫的生活上
像一大堆鸟站在雪地
像泥土融掉了冰雪而露出沧桑

夜晚来临，你用一块黑色的帐幕
波浪般把我铺盖
我回到母腹中混沌无知
你日夜等待着　把每颗明星当作我

活着如杯水，你离去时撒满了盐
挤着玻璃的刺痛
无法摆脱　死的痛苦的眼神
像阳光裸露投向身体深处

闭上双眼，藏在吵闹的门后
死的双手宛如绿叶
簇拥我的心　如坚硬的壳
死的包裹　像春芽温暖甜蜜

你从未远去

每一回来不及看清你爱的言语
你的面容如井水幽深
把我带到梦里融化　远离平凡
你温醇的神采蛊惑人走不出
我是真实的帝王　被你供奉
润泽呵护不亚于人世的明珠

你站在这儿　你比根深
触到深渊的冰点　黑暗的壁壳
我的影子被你的手与目光搂抱
我做梦　尽情丈量幸福的长度
摸不到尽头　我明明是抵岸的船
你的纤绳在陆地开辟航程

刺痛我的心　莫过于绷紧的弦断裂
走出梦　你比空气还要朦胧
你在哪儿？一个没有你的陌生的梦
苦痛被你巨大的心挤得平淡
站在你的坟前　你不可见底
不可见底的深度　露着你的目光

留住爱与生命

别动，让我的影子定格在中午的斜度
让你的这副面孔鲜活地沉睡
还有坡底粼粼流动的波纹
在涌起的瞬间凝固　如雕塑刻骨

留一点力量　温暖枯槁的肌肤
让衰朽的骨骼像正在抽穗的稻谷
也不在乎蓦地死亡降临
让它是砰然从枝上坠地的苹果

抖落下风尘　回归贝壳里的平静
让眼睛来得及凝望
像书中每一个诗眼重新温读
一次次感动　花朵般依依绽放

让一切别再燃烧　踏平炉中的火星
我看到你的目光　在一张照片中
在我年轻的怀里　像星群在夜空
彼此跳动　流连第一次嗅觉

思念轻柔满中秋

秋风渐凉，夜空中的月慢慢地圆了
圆月莹莹刮着逼人的风
高悬中天，清辉中记忆越发清晰地燃烧
此时我更加想你
你不在远方密林无底的幽土里
只在窒息的圆月中露着栩栩如生的面容

似刻在心头千万次的相片，更似恍如昨日
让一个噩梦一直警醒，而从未消散
我为你而活在这个世界上
让从未忘却的日子在堆积中变得更醇香更浓烈
这份清晰的痛苦照亮着人间浩荡的幸福
覆盖在我的身上，我眼里的泪水是欢喜的月光

我残存的期待，在孩子欢天喜地的神采中
悄然暗淡
他们不知道你是谁
你没有面容与灵魂，只有爷爷这个抽象的称谓
我凝望着澄澈的圆月
你露着清晰的面容，在我的心里从未消逝
没有谁会记得你，我活着，你便活着
我离开这月光般的世界，你便也永远地消失了

我的父亲，为了你更长久地活着
每一天我小心翼翼地祈祷
让我再活一百个世纪吧
你灿若莲花盛放在我的心田
这坎坷昏暗的历程中，你一直照亮我的心灵
我不在意，这长久地活着，是真的幸福
还是自缚的苦果
我只要你长存在天地清澈的眉目中

雾光洒满又虚幻，清澈又朦胧
久久伫立向你仰望着
满夜温柔的清溪，流淌着父亲默默的目光
千万年沧桑大地的焦躁
辗转着亲人诀别的身影与干涩的痛苦
月光之水啊
这满人间的创伤，请亲抚，或淹没

思亲，月色如潮，念亲，神采癫狂
想着这尘世这至亲，慢慢梦就来了
多想梦会把你照亮
漆黑之梦会闪出月亮的泪光
让千秋万代的日月告诉风霜的大地
我的父亲一直活在我的心中
纵使骸骨与灰烬，你也要坚信，思念会永无休止

中秋月

这个佳日，我旋转了三百六十五次地球的周长
望着与我离散的日子如约相聚
我点燃起了喜庆的烛光
欢乐的歌声像翻飞的羽绒
如果今夜过去，便离开父亲的怀抱
不是从前的这个日子，我们彼此
攀过高高的山，蹚过长长的水
坐在芳香的桂树下共饮一壶酒
说着前生，说着今世一场因缘

今夜　我们再度相见
堂屋的灯，照着幽幽松树下你的坟茔
与在家门口像蜘蛛一样发愣的我
过了圆月之夜，我们又将面对生离死别
银光漫天飞舞着，像雪一般的白
那么湿润，打湿了我的衣服
渐渐我全身湿透了，那是雨
是泪洒成的雨，翻飞、翻飞

记忆的印痕

幸福从贴第一张红双喜开始

以后想到什么才是幸福

看到曾经经历过的幸福

每次看到布满灰尘的老屋

憔悴的窗户贴的惨淡的红双喜上

曾有过的父亲的喜悦

它没有掉落，只是苍白斑驳得毫无气色

像往事留不住影子的足迹

却在心窝上啃了一块洞

让人好奇地想去窥视里面的阴影

被故意贴高的现已破旧的红双喜

贴自多年前父亲颤抖着的喜悦的双手

继而父亲再颤抖着双手不舍地离开了我

我们体会的已经过去

与父亲一起体会的时光都已过去

被外面喧嚣的波涛淹没的老屋

被里面呼啸的痛苦与欢乐撕扯的老屋

过去与现在，里里外外，撕裂纠缠翻涌

我是它的最后的目击者，看着

痛苦与幸福都将过去，我怀着

双重的两个人的痛苦与幸福

感受着像老屋一样属于我的痛

背对着不属于我的外界　茫茫晦暗的风沙

听

干旱龟裂的斑驳鞭打着心房
魂与火追逐　燃着焦烟舞向天边
你纯如草叶的声音拥住
我流窜的身影在河岸边站稳
我静静地听着　教堂的钟声
做弥撒的歌声浸入我的心
像教徒渐渐四肢匍匐
土地萌动着翠绿　河流拥着蓝天

你一字一句说着纯真
我是你教堂里正牙牙学语的幼儿
我忘记了痛苦的味道　狂乱的惊悸
你的温度慢慢融去眼前的昏暗
天神般父亲的脸我再次看见
与那埋入黄土竟然如隔一梦
我干枯的身体注满了血，血的爱
我更清晰看到了你的高雅、纯洁
像蓝天上的碧波　静静的静静的
想着想着　像梦飘悠在我的世界
你无处不在，而我是你的孩子
像棵树聆听着直到撑向天空

冥冥的呼唤

眼睛渐渐瞪大　像霜层层染在荒草上
铺开的草丛，像张开的嘴巴
要呼喊　眼前远去的画面去哪里
皮拖着一堆骨头，一堆易焚的燃料
一辈子嘴搭着一口烟囱
不停冒着烟，血肉无声在空中散尽

死时的身子比脱离母亲时
不过增大了骨头，这些硬邦邦的石头
上路带着它，疲累而不值一文
聆听亲人的呼唤　竭尽挣扎
声音阻塞着　触动了摧毁意念的地雷
一头栽进　像僵硬一样虚空无知
眼角渗出的一滴泪
是你无法说出的话
熬成一滴泪，让所有的血，爱着恨着
是那样透明而又转瞬苍白不见
死人的痛苦在活人痛苦的面前多么不易看见

冬至前夜

父亲　我还在你待过的农贸商业区
黑夜与触目皆是的货物如城墙
要我攀越，像我无法迎接明天
夜色茫茫，远方没有你守望的灯
我咬着嘴唇，看着垃圾旁的乞丐
抽了一地的烟头
火星忽闪如歌吟
流星追寻着　不顾一切便是完美
一枚钱币拴住了我的腿
身躯无法动摇　心灵无从解脱
我只能啜泣，让泪水背叛我，自由奔跑

今夜让我做个梦吧，放弃我的生存
做一棵树也好，敢于冲撞黑夜
或与天空说话，起码它的枝叶便是疯狂
我荡漾着，困在潮湿的墙壁里
青苔从我的脚下冒出爬向四周
滋长在墙上，渐渐覆盖了我昏眩的眼睛

天亮了，我又将失去真我，被染成金色
为生而奔波的人攥紧钞票等待着天黑
我和转动的钟不停繁忙着
唯一的安闲，便是想你
等待夜来更亲切地想你　我的父亲
深重且虔诚地想着你　在念桥

亲柔如昔

夜深了，我在听你温柔的声音
像妈妈牵着我的小手　唱着歌
伴着黄昏　一起回家
那是童年的梦　为一种莫名的爱
不断长大　落在阳台上的少女
静静地凝望　煮开我沸水的茶壶
喘息在空中凝成一片片的白雾
那般纯　如水如烟如血
我年轻的身躯在夜间化作无数颗
祈祷的星星——在此时　我听着
你温柔的声音　让泪水洗去我
半生没有去向灰尘累累的行帆

夜深了，我在听你温柔的声音
闹市中的喧嚣　斑驳的垃圾
被一只妙如氤氲的玉手拂去
煞是羞赧的太阳　静静的清晨
铺上满是青草的路　让我在天地的
怀中做小河潺潺终归大海的梦

听啊，听！你委婉温柔的声音
我再次看见　父亲临终时凝视
我的眼神　久久难舍不肯瞑目

父亲叮嘱的话语回响在我的心上
孩子，你要勇敢你要坚强，我的孩子

多么美妙的声音　风来了，像风啊
抚着月光　鸣奏出旋律
唱啊！唱吧！让我的心、我的血
和着你温柔的声音　洒向漆黑的
月光下的大地　我爱我恨的漫漫人生路
等待　伊人的泪水
润湿唤醒黑沉的泥土　唤醒我
吻着你的泪水　从此不再醒来
但愿你温柔的声音与你的泪水把我掩埋

未说过的话

孩子在长大　心在枯黄的岁月里

挣扎　望身边的水一遍遍流去

故去的父亲望着我

望着我　无法说出口的那句话

胡子拉碴的似父亲的那张脸

孩子莽撞中闪现年少时我的模样

时间不断毁灭　生活伴随逝去中

没谁说出惊叹的心意

隆冬的枝条萌出的一点绿芽

在寒气逼人的夜晚点燃火的温暖

时间洗净的不只是年轮肉体

更抹去心灵在梦中的尊严　在梦中的权利

很多的话从未启齿

像我拘谨的孩子　与我沧桑的胸膛

像我望着父亲黯淡的眼神

恐于感伤，更怕出乎莫名

一代人追赶一代人于滩前搁浅抑或掩埋

一家人永远在一起该多好

爷爷的家（谣曲）

翻过几座山，走过几座云中桥

云雾笼罩山峦，听说那远远的山中，是爷爷的家

爸爸，你总是说你很想爷爷

每次看着你幽幽伤神，我也好想见到他

爸爸，今年银屏山上白牡丹开了二十朵

都说快要发大水了，我们以后可以住在爷爷那儿

悬崖峭壁上的花呀

空中楼阁的马

爸爸，你抓紧我的小手，我们一起走

你喘息着从背上放下我，看我跑得多欢畅

穿过田野，攀上山峰，踩着满是石子的山路

爸爸，你为何不停抽着烟卷

灰色的烟雾遮着你低下的脸颊

随风把你的心绪吹向冰冷的天空

风吹来吹去的泪呀

海市蜃楼的沙

爸爸，一路上你为何一言不发

从清晨走到了黄昏，夕阳垂照西山

眼前土堆连着土堆，一山连向另一山

一块高高的石板，上面写满了字，矗立于我们面前

你嗳嚅着说，这是爷爷家的大门

上面写了留言，他出了远门，不知何时才回来
幽林哀怨的轻纱
寂寥梦幻的家

黑夜茫茫，黑夜茫茫，你牵着我，向夜色风中
夜空的星盏　清淡的光
远方在把我们张望
爸爸，为何爷爷说千万不要等他
为何你却说爷爷与我们此刻就在一起
与我们说着很多的话，在这黑暗无边无涯
那门上的字呀美如画
爸爸的眼里满是泪花

情感圣地

清明近了，远方的山也慢慢到了近前
寒愁的微风吹拂着清明的气息
吐绿的枝头在空中腼腆地张望
山道摇晃着孑然攀行的身影
寂寞森严的坟茔突兀地绵延
阴冷的石头像从地底探出的幽灵的眼睛

山上，去的地方已没有了路
只有比人高的荒草阻挡着前行的步履
夹克与裤子被丛生的荆棘划破
手背刺破的血　坚强地泣唤着
我的父亲，我在前往此生的情感圣地
你深深地长眠，带着今生与后世的牵挂

越过一道道坑洼，穿过一片片荆棘
慢慢地近了，近了
仿佛情感的信仰如旭日一样栩栩如生
你只是睡着了，在我的脑海中醒来
一百年后，我在朝圣的灵魂中
看到你和我把记忆编成太阳的花环

春安，父亲

歌声在春夜里袅绕　蔚蓝眩晕如烟岚
你宁静而幽深的目光　在剧烈的心跳上
抚下一片片清风
冰与火，太阳与海面　漾荡着颤抖的悲切

只有说不尽的祝愿，代替了千言万语
你如臂伸展的微笑怀抱着洁白的云朵
怀抱着我心底涟漪泛涌的忧伤
蓝色的夜啊，你如炬的眼瞳照进我昏沉与迷蒙

多少次回首，失声心底潮湿的幽咽
泪潮迸涌，痛极而平波无澜
春安　父亲，你的梦把你爱过的人间深深地拥抱
春安　父亲，你的念把我的梦染成斑斓的春天

思亲短赋

1

我常常独自望向远方
没有仙境的幻影，没有梦想的蜃景
只有烟波渺渺　水天相连
浩瀚的水面天人永隔

头顶空白，梦亦空白
你模糊的面容千番浮沉
万般生活浮现着若有所失
万种狂乱在每一处不安地涌动

黯然远去，时空茫茫皆是生死的气息
白茫茫人世，天空与大地泪水相连
白茫茫人生，岁月与路途风霜弥漫
看不穿茫茫浩荡，所有人将天各一方

2

那条路，慢慢地苍老
远远望去，依稀我挽着你的手臂

走过无数个烈日与夜晚
隐约的身影依然辗转来回

那条路，只有稀疏萎靡的野草
大大小小的石子睁着苍老的眼瞳
望着我们的脚步
把爱与痛献祭给不朽的苍穹

那条路，彳亍着一个孤独的灵魂
每一天一遍遍踏着隐秘的痛苦
用眼里的火　用内心的羽翼
期待你款款走来一起回家

3

明月澄澈　秋夜清爽
梧桐叶落的叹息
轻拨着如水夜色的琴弦
远方在眺望中暗了又暗，远了又远
踩山峦于脚下
揽星辰于胸前
我要携一轮圆月　挽一缕清风
去已被埋没的野蔓荒土

那里没有翠柏　没有金菊
零星纤弱的山花在石边丢魂失魄
皎洁的圆月在夜中央

望着每一棵野草在沙沙轻摇
杳杳天上宫阙祝愿人间几度团圆

很多人都想着一次次相聚
然晨昏寒暑分离了多少匆匆行旅
人间最痛　所有的最亲
彼此皆是过客　一片浮云了此生
这不是最深的痛苦
——我心底埋着一个人
这不是最大的遗憾
——我的梦只有一张漆黑的面孔

4

每一夜轻柔的月光爱抚万物
长长地伫立，我再也看不到你
我曾睡在你的身边　在这一样的月夜
每一天清晨的旭日照耀人间
久久地眺望，我再也看不到你
我曾跟在你的身后　在这一样的白昼

曾经的一切不再有
曾经的亲人不再留
这是最沉重的痛苦
当你知道生离死别的残酷

徐徐的微风唱着沉重的挽歌
那些炙热的深情如一汪碧水流逝
啼啭的鸟儿停在风中飘向远方
那些成长的记忆像光影一晃而过

人世的故事被死亡整个清空或抹去
让我在十字架上去看你
您一无保留的爱给了我漫长的自赎
请让我受罚　请让我用热血去痛歌

5

每一片叶子，都静了下来
每一幢楼房，都静了下来
白昼在夜色中静成一棵树
夜晚在黎明中静成一条河

每一条溪水，都静了下来
每一座山峰，都静了下来
大地在天空中，都成了一粒尘沙
苍穹在海洋中，都成了一盘珠玑

我带你去，在最寂静的荒野
闭上眼睛，聆听自己的内心
成群的人生之鸟遁隐无声
泪水与喜悦如喷泉洒向巉岩

我们这样活着，这样死去
触摸至纯至善的心灵
让一切沉默
我们没有活过，也没有死去

尘土的等待

每次醒来，面对着蚁群覆盖了一身
温存的抚弄拨起干涸了的鲜血
如激浪带着暖流扑向苹果般欲坠的太阳
你慈祥的光芒　在烟雾中
在钢筋水泥的峰峦中　还有如幕的雨帘
我的心望着你
我的泪正如心看不见
却把我的灵魂沾湿在了地上

假如是此生第一次相逢
过去与现在我只愿看你在蓝天碧波中
漂浮，像水草一样冉冉升起
我的眼睛才能含着泪水
慢慢把生命浸泡滋养成一棵稀世的珊瑚
这样我才能让幸福像蚂蚁爬满
我的全身，以至蚀尽我的血肉　磨掉我的骨头

而无论过去还是现在，我们的相逢
都不能选择，一切会如梦般爆炸
即使墙壁层层隔离，也务必推翻
看着命运的眼睛　照着自己要走的路
一切的一切，不要有所选择
那忘掉一切刻骨铭心的幸福
需要等待而不是选择

黑白痛苦谣（谣曲）

追逐的鸟影在初夏黄昏的窗前闪掠

那是它们一家子在飞行嬉戏

昏黄的光在你模糊的眼瞳中暗淡

在你目光的余烬中，我寻找一起走过的漫漫路

你牵着我的手，我搂着你的肩膀

走过草木幻变　　走过四季苍凉

不经意青春的季节颓然送别你死寂的荒秋

那天上的云啊，飘下一行行泪

伴飘落的枝叶　　沉沦而长眠

"你以后找不到我了，你该怎么办？"

你总是这样说，当是梦话吧，总出现在梦中

万里晴空如镜，那水中的影

天上人间皆是梦，付出真情赤子心

蚂蚁爬出洞，每一天从早忙到晚，碌碌而不停

青年的你也一样，白天下班蹲在渣堆上捡炭渣

布满裂痕的枯树皮换去了你的双手

你在漆黑的炭渣中寻找着火光

像你眼里闪烁着的光亮

麻糙的手指翻着搜寻着，像锋利的锄头

在黝黑的深渊里，掀开鲜红的黎明

洗去你在黑白颠倒的年代里覆压的浊污

你从学习班走出，走进劳累的生活

阴影的印烙被汗水与尘土收容
长路缚于枷锁，那风中的呼唤
人生一世须臾过，只剩清白骷髅骨

家鸽在巢里打盹，爬虫匿身于洞穴
每一个深夜，你烧着炉火，煮着豆浆
直到一朵朵云，一团团雪的豆腐花
在水缸里凝聚，在木框里压成豆腐
你如炬的内心，在黑色长夜中燃烧
一块块烫热的豆腐，白皙如玉，亮如白昼
多少崎岖坎坷的路，你挺身方方正正
几许是非荒谬的事，你只求亮亮堂堂
玉洁的豆腐花，是你用心血灌溉与哺育
白天流淌的汗水，铸就夜深人静的琼浆
你挑断了二十根扁担
挑干了二万二千米念桥水
年华似水长夜，那黑暗中的火
大千颠倒孤魂行，只愿光明灰烬身

人生如海般动荡，聚散如海般倏忽
你像浪花一样劳碌，像海水一样苦涩
吐着火舌的香烟，与燃着内焰的烈酒
是你晦暗长夜里的光
麻醉你肉体的疲惫与精神的黯淡
你奢望在燃烧中，渴求在戒毒中，沉沦或再生
你永逝的那天
远去的身影在纸上留下最后的话语：

"我一生一无所有，只有两个孩子。"
你走后的日子，窗前再无飞鸟盘旋
它们不知飞向何方，万物流转呀皆离散
不散的影子在寤寐里起伏，它们一家子在一起
幽影幢幢的傍晚，你端起酒杯，又小声低语：
"人生一场梦，人死如灯灭。"
飘来飘去的人生，短暂清醒，梦里无限泪

第七辑

致爱一万次（写给女儿）

梦幻天空

"天——"我指着天空说
"天……"我两岁的女儿跟着说
蔚蓝的天　万里无云　寥廓空荡
微风轻轻吹着
如露珠消失于天边的大海

幼小的孩子睁着又圆又大的眼睛
懵懂地望着肃穆的苍穹
天好大，天外之天的无穷大究竟是什么
让人陷入魔怔
活着的我们渺小得犹如无影无踪的微粒

我紧紧握着女儿温暖的小手
看着天空　又看着她乌黑幽深的眼睛
世界太大，人永久地离开了，而又会去哪里
浩渺的宇宙只剩她独自一人
逝者化为烟岚，再无相聚　空如流梦

有一天她步我的后尘，走向了岁月的尽头
时间的荒草无声地掩埋了我们的故事
有一天地球在漆黑的冰与火中化为烟尘而消失
不停的风也再难找寻人世的故事
我们的情感比宇宙大，却死于生命的渺小

我们静静地站着，天空之下皆是平静
我们望着天，望着天一般大的谜团
女儿纯净而愣神的眼光里，如透析出
苍天一缕秘密的气息
转瞬即逝的幻境，如闪现而过的光影

我们活在上天的眼瞳底下
被平静地控制　　无能为力地改变
而又有谁探究我们撕心裂肺的情感
一切都是梦，终是空，而拥有了一切的爱
在浩瀚与消失中，触碰了永不停止的疼痛

因为有你的世界

从未想到有一天，你会来到我的身边
带着天使的笑靥，带着恶魔的不羁与顽劣
被你如风卷过的四季，紧凑，又一晃而过
你来了，我的世界也就乱了
你像一只小马驹　嬉闹、碰撞、奔跑
这个世界是如此新奇，还有人与人的爱

你掀天揭地的双手，让一样样物品玩起了躲猫猫
你对雨天甚是敏感，小猪佩奇是你的引路人
你在水坑里蹦跳，溅起一身的污水
不，这并不能让你尽兴，为了超越你的偶像
每次洗好澡，你在洗澡盆里跺着双脚
地上全是泼洒的水珠，你倒在盆里放肆地大笑

人世的大海怎有平静的波涛
扑动的船帆多像你一直晃动的身影
风推着天，卷着地，相合而又分离
你挥舞着双手喷洒着力的源泉
永不疲惫地动着，吵闹的光芒
在安静的年华翻涌海洋的激情，与梦的异彩

你来到我的世界，烦恼像藤蔓爬满了宁静的生活
你搅闹的世界，让我像看万花筒，满目凌乱

我看着你，目光里只有轻柔的慈祥
天上纷乱的繁星，不仅熠熠闪光
而且那么美，超越秩序与规矩而至大美
这是你给的世界，你是创造美与梦的新星

滢粲的眼睛

你站在我的面前　杨滢粲
你的明眸荡漾着珍珠的透明
雪花的纯洁　与善良的心灵
我曾经是你　恍然一梦
颤动的眼睑　幽然暗喜
想必你是位高贵的公主或是天使
娉娉来到我的面前
眨着比葡萄还要大的黑眼睛

感激缘分　还有这不幸又万幸的命运
让我们成为亲人
彼此深沉而浓烈的爱
在风雨严寒之中成长
我们有力的臂膀
向永恒的国度挥舞着向往
人渺小的爱比太阳还要大
想飞的灵魂载着彼此飞向更远的远方

时光的箴言

你知道为什么？星星总是看不到太阳
白昼与夜晚把世界分开
葵花阳光，夜莺星空　都在倾情吟唱
我总是目不转睛地望着你，你睁着懵懂的眼睛
天上离散的星星啊，不停狂奔的烈日
它们总是不停寻找着
在不同色彩的世界里，悲壮地屈从

你知道为什么？鲜花与微风相遇而又分离
生存与方向将万物置于不同境地
花朵落流水　清风飘天边
世间所有的相聚都是悲剧，恰如我们面对却又转身
多少人梦中化成蝴蝶
红眼睛的兔子望天望月流尽了泪水
我们活在过去之中，任凭狂追永生之翼

我的滢粲，你可知为什么你的爷爷一直没有回家
泣血的杜鹃叫去了春天
火热的夏天热烈烂漫　人间袅袅生烟
逝去的芳华，万缕魂灵一片月
内心的孤狼幽幽嚎叫，夜夜对寒空
故人徘徊的身影，浩渺死寂的宇宙之门
我们等不到沧海桑田，一去不返的，是此刻的热泪

不确定的旅途

午后的晴光掠洒在电动车的疾驰中
站在踏板上的孩子满是欢天喜地
"这边，一直往前……"她新奇地挥着手臂
我握着方向盘，依着她手指的方向

城市里的路像缠绕的线团
现实像座迷宫，也像历险的征途
"这边，一直往前……"她看到了不远处的商场
她欣喜不已的神情盖过了人山人海的广场舞

她开心地挥着手，车子一直向前开去
我们为孩子快乐，也为爱去做力所能及的事
"这边，一直往前……"她指着前面的立交桥
一晃而过　她的欢呼雀跃在空气中回荡

车子开到了郊区，火车的铁轨铺向陌生的远方
孩子指着黄昏的夕阳，车子开向她指的地方
世上的路千万条，只有归处还在原点
能陪孩子开心走一趟，胜过千难万阻

夜风冷飕飕在颤动的发丝里穿过
孩子指着夜空的启明星　引领向家飞驰
我们可能在天明时回到家，可能在又一个黑夜
但只要孩子开心，此生的旅途与世人天悬地殊

致爱一万次

世界拥抱着你，你是清晨的太阳，你拥抱着万物

每一个昼夜都是你的节日，我们为你而转动

每一天你拥抱着我一百次，还要一千

像阳光一千次地洒进我的阁楼

我一百次地拥抱着你，我们在一起

孩子，你飘动的秀发是青青的水草

我是深深的静海，抱着你，我是如此安静

长风止息　焦躁消损

三生三世的沉重坠成水底欢快的泡沫

如幻的梦境，你乘着皎皎月色而来

你是初夏的馨夜，你的眼睛亮晶晶

每一夜你望着我一千次，还望一百

像星光一百次地照在我的枕边

我一千次地怀拥着你，我们不分离

孩子，你闪烁的目光是晶莹的露珠

我是葱茏的草地，拥着你，我是如此安静

烟火祥和　纷扰落定

镀身逐利的宿命散作梦里飘逝的魅影

我懂得利益的大山，生活流淌着拼命的血汗

我懂得人世的骗局，荆棘与风尘将人摆弄得微不足道

我懂得星星的眼睛，悬挂在夜空多么地珍贵

我看不够你，一万次地拥抱你，再要一千
有一天我一千次地舍不得你
像你的爷爷一万次地舍不得我　团聚永相依
那枯槁的眼睛让短暂的缘分闪耀着至爱的尊严
静谧的夜空亮闪闪，那是眼睛，那是显露的灵魂
我们看不够呀，我们穿越生死，千万次把永恒畅饮